Deintydd
Dieflig

Llyfrau eraill yn y Gymraeg

gan David Walliams:

Cyfrinach Nana Crwca

Yr Hipo Cyntaf ar y Lleuad

David Walliams

Deintydd Dieflig

Addasiad Gruffudd Antur

Arlunwaith gan Tony Ross

Y fersiwn Saesneg

Hawlfraint y testun © David Walliams 2013
Hawlfraint yr arlunwaith © Tony Ross 2013

Cyhoeddwyd y testun gyntaf fel cyfrol clawr caled ym Mhrydain Fawr gan *Harper Collins Children's Books* yn 2013. Mae *HarperCollins Children's Books* yn adran o HarperCollinsPublishers Ltd, 77–85 Fulham Palace Road, Hammersmith, Llundain W66 8JB

www.harpercollins.co.uk

Mae hawliau David Walliams a Tony Ross wedi'u cydnabod fel Awdur a Dylunydd y Gwaith hwn.

Mae eu hawliau wedi'u datgan dan Ddeddf Hawlfreintiau, Dyluniadau a Phatentau 1988.

Y fersiwn Cymraeg

Y cyhoeddiad Cymraeg © Atebol Cyfyngedig, Adeiladau'r Fagwyr, Llanfihangel Genau'r Glyn, Aberystwyth, Ceredigion SY24 5AQ

Cyhoeddwyd gan Atebol Cyfyngedig yn 2015

Addaswyd i'r Gymraeg gan Gruffudd Antur

Dyluniwyd gan Owain Hammonds

Argraffwyd gan Wasg Gomer, Llandysul, Ceredigion

Golygwyd gan Adran Olygyddol Cyngor Llyfrau Cymru

Cyhoeddwyd gyda chymorth ariannol Cyngor Llyfrau Cymru

Cedwir y cyfan o'r hawliau. Ni chaniateir atgynhyrchu unrhyw ran o'r cyhoeddiad hwn na'i throsglwyddo ar unrhyw ffurf neu drwy unrhyw fodd, electronig neu fecanyddol, gan gynnwys llungopïo, recordio neu drwy gyfrwng unrhyw system storio ac adfer, heb ganiatâd ysgrifenedig y cyhoeddwr.

www.atebol.com

I griw gwirion,

gwych 5 Eldon Terrace

Prolog

Roedd tywyllwch wedi meddiannu'r dref. Roedd pethau rhyfedd yn digwydd yn nyfnder nos. Byddai plant yn rhoi dant o dan y gobennydd cyn mynd i gysgu, gan ddisgwyl yn eiddgar am geiniog gan y Tylwyth Teg. Ond yn y bore, byddai rhywbeth erchyll wedi'i adael yno. Malwen farw. Pry copyn byw. Cannoedd ar gannoedd o bryfed clust yn cropian o dan y gobennydd. Neu rywbeth gwaeth. Llawer gwaeth.

Roedd rhywun neu rywbeth wedi mentro i'w hystafelloedd gwely yng nghanol nos, wedi bachu'r dant ac wedi gadael rhywbeth dychrynllyd ar ei ôl.

Roedd y diafol ar waith.

Ond pwy neu beth oedd yn gyfrifol?

Sut roedden nhw'n gallu sleifio i mewn i ystafelloedd gwely plant bach heb gael eu gweld?

A beth ar wyneb y ddaear roedden nhw'n ei wneud â'r holl ddannedd ...?

Dyma'r cymeriadau:

Dad, tad Jac

Jac, bachgen â
dannedd drwg

Miss Fflos,
deintydd

Cari,
merch fach

Sgithrog,
ei chath

Wini,
gweithwraig gymdeithasol

Miss Prys,
athrawes Wyddoniaeth

PC Plonc,
plismon

Huw, perchennog
siop bapur

Twm,
bachgen sy'n tecstio
drwy'r amser

Mr Llwyd,
prifathro

Mr Huws,
athro Drama

Mrs Williams,
hen wreigan

1

Mymryn o'r ddannodd

Roedd yn gas gan Jac fynd at y deintydd. Dyna pam roedd bron pob un o'i ddannedd yn felyn. Roedd y gweddill yn frown. Ar ei ddannedd roedd pob math o staeniau ar ôl ei hoff ddanteithion, sef y bwydydd a'r diodydd y mae deintyddion yn eu casáu – losin, diodydd pop, siocled. Roedd ambell ddant nad oedd yn felyn nac yn frown – roedd y rheiny wedi syrthio allan. Unwaith, ar ôl i Jac frathu i mewn i daffi triog, arhosodd un o'i ddannedd yn y taffi, ac roedd pob math o losin wedi hawlio'r gweddill. Dyma sut olwg oedd ar Jac pan fyddai'n gwenu ...

Doedd Jac ddim wedi bod at y deintydd ers blynyddoedd. Chwech oed oedd o pan fuodd o ddiwethaf, ac er mai dim ond mymryn o'r ddannodd oedd yn bod arno, fe aeth pethau'n drychinebus. Hen ddyn ffwndrus oedd y deintydd – Mr Cadwgan. Er ei fod yn gwneud ei orau glas, fe ddylai fod wedi ymddeol flynyddoedd yn ôl. Roedd o'n edrych fel crwban – hen grwban ffwndrus, ac edrychai ei lygaid mor fawr a chrwn â pheli tennis drwy ei sbectol drwchus. Dywedodd Mr Cadwgan wrth Jac fod y dant wedi pydru ac nad oedd ganddo ddim dewis ond ei dynnu.

Plyciodd a phlyciodd y deintydd am hydoedd ar y dant, ond doedd dim yn tycio. Ceisiodd Mr Cadwgan osod ei goes ar y gadair wrth ben Jac er mwyn ceisio cael gwell gafael ar y dant, ond hyd yn oed wedyn, doedd o ddim yn symud modfedd.

Yna, aeth Mr Cadwgan i chwilio am ddeintydd arall, Miss Wyn. Roedd hi'n hŷn na Mr Cadwgan hyd yn oed. Gafaelai Miss Wyn yn dynn yn Jac tra oedd Mr Cadwgan yn tynnu'r dant â'i holl nerth. Ond eto, dim byd.

Ymhen dim, daeth yr ysgrifenyddes dew, Miss Richards, i'r ystafell i gynnig help llaw. Roedd Miss Richards yn pwyso mwy na Mr Cadwgan a Miss Wyn gyda'i gilydd, ond hyd yn oed wedyn, gyda'i holl bwysau, roedd y dant yn dal yn styfnig o lonydd.

Yn sydyn, cafodd y deintydd syniad. Dywedodd wrth Miss Wyn am nôl edau dannedd anarferol o drwchus. Clymodd yr edau'n ofalus wrth ddant Jac, a'r pen arall wrth gorff swmpus Miss Richards, a dywedodd wrthi am neidio allan o'r ffenest ar ôl iddo gyfri un, dau, tri. Ond er gwaethaf pwysau anhygoel Miss Richards, roedd y dant yn dal yn ei le.

Erbyn hyn, roedd Jac druan wedi dychryn am ei einioes yng nghadair y deintydd. Ond roedd yn rhaid cael gwared â'r dant, felly aeth Mr Cadwgan i mewn i'r ystafell aros i chwilio am gymorth. Daeth yr holl bobl oedd yn aros am driniaeth i'w helpu – hen ac ifanc, tew a thenau. Wedi'r cyfan, roedd ar y deintydd angen cymaint o help â phosib.

Ond er hyn, er gwaethaf y fyddin fawr o bobl, arhosodd y dant heb symud dim. Roedd Jac mewn poen ofnadwy bellach, ac roedd cael cymaint o

bobl yn ymosod ar y dant yn brifo ganwaith mwy

na'r ddannodd ei hun. Ond roedd Mr Cadwgan yn

benderfynol o orffen ei waith. Sychodd y chwys

oddi ar ei dalcen, cymerodd gegaid fawr o ddŵr a gafael yn y dant â'i holl nerth.

Roedd y munudau'n teimlo fel oriau, wythnosau hyd yn oed, ond ymhen hir a hwyr clywodd Jac sŵn byddarol:

Roedd y deintydd wedi gwasgu'r dant mor dynn, roedd o wedi'i chwalu. Ffrwydrodd yn filoedd o ddarnau mân yng ngheg Jac.

Pan oedd y syrcas drosodd o'r diwedd, gorweddai Mr Cadwgan a'i holl helpwyr yn un pentwr ar lawr yr ystafell.

"Da iawn, bawb!" cyhoeddodd wrth i Miss Wyn ei helpu i godi ar ei draed. "Wel, welais i erioed ddant mor styfnig!"

Yn sydyn, sylweddolodd Jac rywbeth. Roedd o'n dal mewn poen. Doedd y ddannodd ddim wedi mynd.

Roedd y deintydd wedi tynnu'r dant anghywir!

2

Dychmygu

Rhedodd Jac allan o syrjeri'r deintydd nerth ei draed. Ar ôl y prynhawn erchyll hwnnw, addawodd Jac na fyddai o byth, byth yn mynd yn ôl i'r fath le. Roedd wedi colli pob apwyntiad ers hynny ac roedd ganddo lond sach o lythyron blin gan y deintydd, ond llwyddodd i'w cadw nhw o olwg ei dad.

Dim ond dau aelod oedd gan deulu Jac, sef Jac a'i dad. Roedd ei fam wedi marw yn rhoi genedigaeth i Jac, a chafodd o erioed ddod i'w hadnabod hi. Byddai Jac yn hiraethu amdani weithiau, ond fe fyddai o'n meddwl wedyn: *sut fedra i hiraethu am rywun na wnes i erioed ei hadnabod?*

Er mwyn cuddio'r holl lythyron blin gan y

deintydd, byddai Jac yn llusgo stôl yn dawel ar hyd

llawr y gegin. Roedd Jac yn gymharol fyr am ei

oed. A dweud y gwir, dim ond un disgybl byrrach

na Jac oedd yn yr ysgol i gyd. Byddai'n rhaid iddo

sefyll ar flaenau'i draed

ar y stôl i gyrraedd

top y cwpwrdd i

guddio'r llythyr bob

tro y byddai un yn

cyrraedd. Rhaid bod

o leiaf gant o lythyron

yno bellach, a gwyddai

Jac na fedrai ei dad eu

cyrraedd. Y rheswm

am hynny oedd bod

tad Jac wedi bod yn sâl

ers blynyddoedd lawer,

ac yn gaeth i'w gadair

olwyn.

Cyn iddo orfod ymddeol oherwydd ei salwch, glöwr oedd Dad. Roedd yn arth o ddyn cryf a nerthol, ac roedd wrth ei fodd yn gweithio yn y pwll glo er mwyn gallu prynu bwyd a dillad i'w fab. Ond roedd yr holl flynyddoedd o weithio dan ddaear wedi cael effaith ofnadwy ar ei ysgyfaint. Roedd Dad yn ddyn balch, a wnaeth o ddim cyfaddef ei fod yn sâl am amser maith. Gweithiai'n galetach ac yn galetach i gloddio am fwy a mwy o lo, gan weithio oriau ychwanegol er mwyn ennill digon o arian. Ond yn y cyfamser, roedd ei anadl yn mynd yn brinnach bob dydd, tan y pnawn hwnnw yn y pwll pan syrthiodd yn ddiymadferth. Ar ôl iddo ddod ato'i hun yn yr ysbyty, dywedodd y doctoriaid wrtho na fyddai o byth yn cael gweithio yn y pwll glo eto. Fe fyddai llond ysgyfaint arall o'r aer llychlyd a myglyd yn gallu ei ladd.

Wrth i'r blynyddoedd fynd yn eu blaenau,

gwaethygodd ysgyfaint Dad. Roedd yn amhosib iddo gael swydd arall, ac roedd pethau syml fel clymu carrai ei esgidiau yn mynd yn anodd, hyd yn oed. Ymhen dim o amser, doedd dim amdani ond cael cadair olwyn.

Heb fam na brawd na chwaer, roedd yn rhaid i Jac ofalu am ei dad ar ei ben ei hun. Roedd yn gorfod siopa, glanhau, coginio, golchi'r llestri a phopeth arall heb help gan neb, a hynny ar ben gwneud ei waith ysgol. Ond doedd o byth yn cwyno. Roedd o'n caru ei dad yn angerddol.

Er bod corff Dad yn fregus, roedd ei enaid yn gadarn. Roedd ganddo ddawn arbennig i ddweud stori. "Tyrd yn nes, 'ngwas i ..." oedd dechrau pob un ohonyn nhw. "Y cwbl sydd raid i ti ei wneud ydi cau dy lygaid, a dychmygu ..."

O glydwch eu tŷ bychan, byddai Dad yn mynd â Jac ar bob math o anturiaethau cyffrous. Roedden nhw'n hedfan ar garpedi hudol, yn plymio i ddyfnderoedd y môr, ac yn hela ac yn lladd fampirod, hyd yn oed.

Roedd eu byd yn amryliw, anhygoel, ac yn bellter byd oddi wrth ddiflastod y byd go iawn.

Byddai Jac yn erfyn yn aml: "Dos â fi i wlad yr ysbrydion eto, Dad!"

"Na, ddim heddiw, 'ngwas i. Be am fynd i hen gastell y bwgan?" gofynnai Dad yn bryfoclyd.

"Ond Dad, plis, plis!"

Byddai'r tad a'r mab yn cau eu llygaid ac yn cwrdd â'i gilydd yn eu dychymyg. Gyda'i gilydd, roedden nhw wedi:

- Mynd i bysgota yn yr Alban ac wedi dal bwystfil Loch Ness.

- Dringo mynyddoedd yr Himalayas ac wedi dod wyneb yn wyneb â'r Dyn Eira Dychrynllyd.

- Lladd draig anferth oedd yn chwythu tân.

- Cuddio ar long môr-ladron ac wedi gorfod cerdded y planc, ond wedi cael eu hachub gan fôr-forynion prydferth.

- Rhwbio lamp hudol a gweld dewin oedd wedi rhoi tri dymuniad yr un iddyn nhw (roedd Dad wedi rhoi ei dri dymuniad o i'w fab).

- Reidio ar gefn Pegasus, y ceffyl Groegaidd sy'n gallu hedfan.

- Dringo coeden i Wlad y Cewri ac wedi cwrdd ag anghenfil unllygeidiog llwglyd oedd yn hoff o fwyta bechgyn 12 oed.

- Glanio ar y lleuad mewn roced wedi'i gwneud o gwt ieir.
- Dianc oddi wrth fleidd-ddyn rheibus ar draws y waun yng nghanol nos.

Roedd unrhyw beth yn bosib yn anturiaethau Jac a Dad. Doedd dim byd am eu stopio nhw. Dim byd.

Ond wrth i Jac dyfu'n hŷn, roedd yn mynd yn anoddach ac yn anoddach iddo ddefnyddio'i

ddychymyg. Pan fyddai Dad yn siarad, byddai Jac yn agor ei lygaid, yn methu canolbwyntio, ac yn meddwl am chwarae gemau cyfrifiadur drwy'r nos, fel pawb arall yn yr ysgol uwchradd.

"Cau dy lygaid, 'ngwas i, a dychmyga ..." meddai Dad. Ond roedd Jac yn meddwl ei fod yn dechrau

mynd yn rhy hen i hyn. Roedd o bron yn dair ar
ddeg oed, a dydi plant tair ar ddeg oed ddim i
fod i gredu mewn hud a lledrith a chreaduriaid
ffantasi.

Roedd o ar fin deall ei fod o'n hollol anghywir ...

3

Gwynnach na gwyn

Roedd holl blant yr ysgol wedi ymgynnull yn y neuadd. Eisteddai cannoedd o blant mewn rhesi o gadeiriau yn aros am y siaradwr gwadd. Doedd neb diddorol byth yn ymweld ag ysgol Jac. Yn y Diwrnod Gwobrwyo ychydig fisoedd ynghynt, y siaradwr gwadd oedd y dyn sy'n gwneud y cardfwrdd ar gyfer pacedi corn-fflêcs. Gan fod yr araith mor ddiflas, fe wnaeth y siaradwr ei hun syrthio i gysgu.

Deintydd newydd y dref oedd y gŵr gwadd heddiw, yn sôn am sut i edrych ar ôl eich dannedd. Go brin y byddai hi'n araith ofnadwy o gyffrous, ond o leiaf doedd dim rhaid i'r plant fynd i'w gwersi, meddyliodd Jac. Gan ei fod yn casáu deintyddion â'i holl galon, eisteddodd Jac yn y rhes gefn yn ei wisg ysgol flêr. Bu ei grys yn wyn, ond roedd yn llwyd ers peth amser bellach. Roedd ei wasgod wedi rhwygo a'i siwmper yn dyllau byw. Roedd ei drowsus yn rhy fyr. Ta waeth, roedd Dad wedi dysgu Jac sut i wisgo ei wisg ysgol â balchder, ac roedd ei dei wedi'i glymu'n berffaith ac yn hollol syth bob amser.

Yn eistedd wrth ymyl Jac roedd yr unig ddisgybl byrrach nag o yn yr ysgol i gyd. Merch fach iawn o'r enw Cari. Roedd hi'n ferch swil ofnadwy, a doedd neb erioed wedi'i chlywed hi'n siarad, er ei bod hi wedi bod yn yr ysgol am dymor cyfan bellach. Tueddai i guddio y tu ôl i'w gorchudd o wallt trwchus, blêr, heb ddal llygad neb.

Ar ôl i'r plant stopio chwarae'n wirion ac eistedd i lawr, dringodd y prifathro i ben y llwyfan. Anodd fyddai dychmygu rhywun gwaeth i fod yn brifathro na Mr Llwyd. Roedd arno ofn plant, ofn athrawon, ac ofn ei gysgod ei hun, petai'n dod i hynny. Ond os nad oedd ei swydd yn gweddu i Mr Llwyd, roedd ei enw'n gweddu iddo i'r dim. Roedd ei esgidiau, ei sanau, ei drowsus, ei felt, ei grys, ei dei, ei siaced, ei wallt, ei lygaid hyd yn oed, i gyd yn llwyd.

Roedd sawl gwahanol fath o lwyd gan Mr Llwyd:

Llwyd Golau

Llwyd Llwydaidd

Llwyd Golosgaidd

Llwyd Tywyll

Llwyd Colomennaidd

Llwyd Llwyd

Llwyd Llwydaf

Llwyd Caregaidd

Sanau Llwydaidd heb fod yn rhy Lwydaidd

"D-d-d-dewch yn eich blaenau rŵan, s-s-s-setlwch i lawr ..."

Roedd gan Mr Llwyd atal dweud pan oedd yn nerfus. A doedd dim byd yn ei wneud yn fwy nerfus na gorfod siarad o flaen yr holl ysgol. Yn ôl y sôn, roedd y dirprwy brifathro wedi dod o hyd i Mr Llwyd unwaith yn cuddio o dan ei ddesg, yn esgus bod yn stôl.

"T-t-t-tawelwch! S-s-s-setlwch i lawr!"

Os rhywbeth, aeth y plant yn fwy swnllyd byth. Yna, safodd Cari ar ben ei chadair a bloeddiodd ...

"BOBOL BACH! GWRANDEWCH AR YR HEN DDYN, DRUAN!!"

Efallai nad oedd y dewis o eiriau yn garedig iawn, ond gwenodd y prifathro'n ffeind ar Cari ar ôl i'r plant ymdawelu o'r diwedd. Edrychodd pawb mewn rhyfeddod ar Cari wrth iddi eistedd i lawr.

"Da iawn ..." meddai Mr Llwyd yn ei lais undonog, diflas. "Ond llai o'r 'hen', os gweli di'n dda, Cari. Rŵan, rhywbeth arbennig iawn ar eich cyfer. Dyma ddeintydd newydd y dref i siarad am sut i ofalu am eich dannedd. Rh-rh-rh-rhowch groeso cynnes i'r hyfryd Miss Ff-ff-ff-fflos ..."

Wrth i'r prifathro gamu oddi ar y llwyfan, roedd 'na ychydig o gymeradwyaeth. Ond boddwyd sŵn y gymeradwyaeth yn fuan gan sŵn gwichian aflafar o gefn y neuadd. Fesul un, trodd y plant i edrych. Roedd dynes yn gwthio troli metel drwy ganol y neuadd, ac roedd un o'r olwynion yn crafu yn erbyn y llawr pren gan greu gwich annioddefol. Rhoddodd rhai o'r plant eu bysedd yn eu clustiau.

Roedd y sŵn fel sŵn rhywun yn crafu ewinedd hir yn erbyn bwrdd du.

Y peth cyntaf y sylwodd y plant arno oedd dannedd Miss Fflos. Welodd neb erioed ddannedd mor wyn. Gwynnach na gwyn. Roedden nhw'n ddannedd perffaith, mor berffaith nes ei bod yn anodd credu mai dannedd go iawn oedden nhw. Yr ail beth y sylwodd y plant arno oedd ei thaldra. Roedd coesau Miss Fflos mor hir a thenau nes ei bod yn edrych fel rhywun yn cerdded ar stilts. Roedd hi'n gwisgo côt labordy wen, hir, fel y rhai y mae athrawon Gwyddoniaeth yn eu gwisgo wrth wneud arbrawf. O dan y gôt, roedd ei blows wen yn cyd-fynd â'i sgert wen, laes. Wrth iddi basio, edrychodd Jac i lawr a gweld sblash mawr o goch ar un o fysedd ei thraed yn ei hesgidiau gwyn, uchel.

Ai gwaed ydi hwn'na? meddyliodd Jac.

Roedd gwallt Miss Fflos yn felynwyn ac wedi'i siapio'n berffaith. Yn y golau, roedd hi'n edrych yn hen ofnadwy, ond gan fod ganddi drwch mawr o golur ar ei hwyneb, roedd hi'n amhosib dweud faint oedd ei hoed hi mewn gwirionedd.

50?

90?

900?

Ymhen hir a hwyr, cyrhaeddodd Miss Fflos flaen y neuadd. Trodd ar ei sawdl a gwenu. Roedd haul isel y gaeaf yn tywynnu drwy'r ffenestri uchel ac yn pefrio ar ei dannedd, gan ddallu'r plant yn y rhesi blaen.

"Bore da, blantos!" meddai'n sionc. Roedd hi'n swnio fel petai hi'n canu wrth iddi siarad. Ochneidiodd y plant wrth iddyn nhw gael eu trin fel babanod bach.

"Mi dria i eto. Bore da, blantos!" meddai'r deintydd eto, gan syllu'n benderfynol ar y plant. Yn sydyn, aeth y neuadd yn hollol dawel. Yna, fel un côr, dywedodd pawb:

"Bore da."

"Gadewch i mi fy nghyflwyno fy hun. Fi ydi eich deintydd newydd. Fy enw i ydi Miss Fflos, ond dwi'n gofyn i blantos bach fel chi fy ngalw i'n 'Mami'."

Syllodd Jac a Cari ar ei gilydd mewn syndod.

"Felly, ar ôl tri ac mewn llais mawr, dwi eisiau i chi ddweud 'Helô, Mami!' Un! Dau! Tri ...!"

Symudodd Miss Fflos ei cheg i ynganu'r geiriau'n dawel.

"Helô, Mami ..." mwmialodd y plant.

"Gwych! Rŵan, dwi wedi dod i'r dref hon ar ôl i Mr Cadwgan gael damwain anffodus. Rhaid bod y dyn druan wedi syrthio ar un o'i declynnau

deintyddol. O, am eironig! Wrth gwrs, wna i ddim
mynd i ormod o fanylder, ond roedd Mr Cadwgan
yn gorwedd ar lawr y syrjeri mewn pwll anferth o
waed. Roedd un o'r teclynnau wedi mynd drwy'i
galon ..."

Aeth y neuadd yn dawel fel y bedd. Llyncodd Jac ei boer. Roedd o'n ddarlun erchyll. Er bod Mr Cadwgan yn hen fel pechod ac yn simsan ar ei draed, sut fedrai o ei drywanu ei hun yn ei galon?

"Byddai Mami'n hoffi petaech chi'n rhoi munud o dawelwch er cof am Mr Cadwgan. Caewch eich llygaid, blantos, pawb ohonoch chi. A dim sbecian!"

Doedd Jac ddim yn ymddiried digon yn Miss Fflos i gau ei lygaid. Na Cari chwaith. Roedd llygaid y ddau'n sbecian yn gyfrwys, a thrwy gil ei lygaid fe welodd Jac rywbeth rhyfedd dros ben. Yn lle aros yn y blaen a'i llygaid ar gau, sleifiodd Miss Fflos o gwmpas y neuadd ar flaenau'i thraed yn archwilio dannedd y plant. Ar ôl iddi gyrraedd y rhes gefn, caeodd Jac ei lygaid yn dynn rhag ofn iddo gael ei ddal. Rhaid bod Miss Fflos wedi oedi am dipyn i edrych ar ei ddannedd budron gan fod Jac yn gallu teimlo ei hanadl oer ar ei wyneb am amser hir cyn iddi gamu'n ôl i flaen y neuadd.

"Munud ar ben!" cyhoeddodd y deintydd. "Diolch, blantos, fe gewch chi agor eich llygaid rŵan ..."

Edrychodd Jac a Cari ar ei gilydd eto. Y nhw oedd yr unig ddau i weld ymddygiad rhyfedd Miss Fflos ...

4

Duach na du

"Wrth gwrs, bydd colled fawr ar ôl Mr Cadwgan," meddai Miss Fflos. "Ond fel eich deintydd newydd, mi wnes i holi Mr Llwyd, eich prifathro hyfryd, a gawn i ddod yma heddiw. Mae Mami am i chi i gyd ddod i fy adnabod i, fel y gallaf eich croesawu chi oll i'r syrjeri. Rŵan, dwi am ddechrau gyda chwestiwn bach anghysurus.

Blantos, faint ohonoch chi sy'n casáu mynd at y deintydd?"

Saethodd llaw pob plentyn i'r awyr. Pawb ond Twm. Roedd hwnnw'n rhy brysur yn tecstio.

Rhoddodd Jac ei law i fyny mor uchel â phosib.

"Ha, ha! Pawb! Ha, ha!" chwarddodd Miss Fflos, ond doedd hi ddim yn gweld hynny'n ddoniol mewn gwirionedd. "Felly, faint ohonoch chi sydd

WIR, WIR, WIR yn casáu mynd at y deintydd?" gofynnodd.

Arhosodd y rhan fwyaf o'r dwylo yn yr awyr, a chododd Jac ei law yn uwch byth. Ar ôl anffawd y ddannodd a thynnu'r dant anghywir, doedd neb yn y byd yn casáu mynd at y deintydd yn fwy na Jac.

"Ho ho ho!" chwarddodd y deintydd eto.

"Pwy ar wyneb y ddaear fyddai'n dweud 'Ho, ho, ho'?" meddai Jac wrth Cari.

"Siôn Corn a hon!" atebodd Cari.

"Wel, mae Mami yma heddiw i ddweud wrthych chi nad oes 'na ddim byd i'w ofni."

Roedd y geiriau'n dawnsio drwy'r awyr wrth iddi siarad. Os oedd hi'n trio swnio'n gyfeillgar ac yn glên, doedd o ddim yn gweithio. Roedd ar y plant fwy o ofn nag erioed.

"Rŵan, dwi'n chwilio am wirfoddolwr. Dwylo i fyny!" meddai'r deintydd.

Ond chododd neb ei law. I wneud pethau'n hollol glir, rhoddodd Jac ei ddwylo wrth ei draed. Fedrai o ddim dychmygu dim byd gwaeth na chael ei ddewis.

"Unrhyw un?" holodd Miss Fflos.

Roedd y tawelwch a'r llonyddwch yn llethol.

"Dewch yn eich blaenau, blantos, dydw i ddim yn brathu!" Gwenodd y deintydd, gan ddallu'r plant eto â'i dannedd llachar.

"Pwy sydd heb fod yn gweld y deintydd ers tro byd?"

Dechreuodd y plant sibrwd ymysg ei gilydd ac edrych o'u cwmpas. O fewn dim roedd cannoedd o lygaid yn syllu ar Jac. Roedd pawb yn yr ysgol yn gwybod am ei ddannedd drwg. Fe fyddai Jac yn

gallu denu twristiaid i weld ei ddannedd, ac efallai
agor caffi a siop hefyd.

Edrychodd y deintydd i'r un cyfeiriad â'r plant
a rhythu ar Jac.

"O ie. Ti, fachgen." Pwyntiodd Miss Fflos fys hir,
esgyrnog at Jac. "Tyrd at Mami."

Cerddodd Jac yn araf at y llwyfan a'i goesau'n
crynu. Ar ôl cyrraedd y blaen, syllodd i fyw llygaid
y deintydd am y tro cyntaf. Roedd ganddi lygaid
duon. **Duach nag olew. Duach na glo.
Duach na'r du duaf.**

Yn syml iawn, roedden nhw'n ddu.

Syllodd y deintydd yn hir ac yn galed ar Jac, cyn
dweud:

"Paid ag ofni, fachgen ..."

Roedd ar Jac fwy o ofn wedyn.

"Gad i Mami gael golwg ar dy ddannedd di ..."

Caeodd Jac ei geg yn glep.

"Agor dy geg, dyna fachgen da ..."

Yn sydyn, teimlai Jac nad oedd yn gallu'i reoli ei hun. Agorodd ei geg a syllodd y deintydd i mewn iddi.

"Ooo!" ochneidiodd y deintydd mewn pleser. "Mae dy ddannedd di'n hollol ffiaidd ..."

Chwarddodd pawb ar ben Jac.

"HA HA HA HA HA HA HA HA HA HA HA HA HA HA HA HA HA HA HA HA HA HA HA HA HA HA HA HA HA HA HA HA HA HA HA HA HA HA HA HA HA HA HA HA HA HA HA HA HA HA HA HA HA HA HA HA HA HA HA HA HA HA HA HA HA HA HA HA HA HA HA HA HA HA...!!!"

Pawb heblaw am ddau: Cari, gan ei bod hi'n gweld y cyfan yn ofnadwy o greulon, a Twm, gan ei fod yn rhy brysur yn tecstio.

"Diar mi, diar mi. Beth ydi dy enw di, fachgen?" gofynnodd y deintydd.

"Jac, M-M-Miss ..." mwmialodd Jac.

"Galwa fi'n 'Mami'..."

Ond doedd Jac byth am alw neb yn 'Mami', yn enwedig hon.

"Jac beth?" meddai Miss Fflos.

"Jac Ifan."

"Wel, Jac Ifan, does gen ti ddim dewis ond gwneud apwyntiad yn fuan iawn i ddod i fy ngweld i."

Crynodd Jac wrth feddwl am y peth. Roedd o wedi addo na fyddai o byth, byth yn mynd i weld deintydd eto tra byddai o byw.

"Wyt ti'n hoffi anrhegion, fachgen?"

Fel pob plentyn arall, roedd Jac wrth ei fodd ag anrhegion.

"Y-y-ydw ..." atebodd yn betrus.

"Wel, mae gan Mami anrheg fach i ti am fod yn fachgen bach mor ddewr. Dyma ti – fy math arbennig o bast dannedd ..."

Estynnodd Miss Fflos diwb gwyn trwchus a'r gair 'MAMI' mewn llythrennau bras arno.

"Ac un o fy mrwshys dannedd arbennig. Wyt ti'n hoffi brwshys caled neu feddal, Jac Ifan?"

Doedd Jac erioed wedi gweld brwsh dannedd o'r blaen. Doedd ganddo ddim syniad ai brwsh caled neu frwsh meddwl oedd orau ganddo fo.

"Dim ots gen i ..."

"Fe gei di un meddal, felly," meddai Miss Fflos.

Estynnodd y deintydd frwsh gwyn, disglair o'r troli. Roedd y blew ar y pen yn finiog ac yn galed. Rhedodd Jac ei fys ar hyd y blew a gwingo. Roedd o fel anwesu draenog.

A'r brwsh a'r tiwb yn ei ddwylo, edrychai Jac fel plentyn dagreuol mewn sw sydd wedi gorfod wynebu ei ofnau a gafael mewn tarantiwla mawr, blewog, gwenwynig.

"Rwy'n siŵr y byddwn ni'n cwrdd rywbryd eto, Jac ..."

Na fyddwn wir! meddyliodd Jac.

"O, byddwn," sibrydodd y deintydd. Roedd hi fel petai hi'n gallu darllen ei feddwl o ...

5

Losin am ddim

"Rŵan, bydda'n fachgen da a dos yn ôl i dy sêt," gorchmynnodd Miss Fflos. Ufuddhaodd Jac. Cerddodd ar hyd y neuadd a'i gynffon rhwng ei goesau, gan edrych ar ei draed rhag dal llygad neb.

"Rŵan, blantos," meddai Miss Fflos, "pwy arall fyddai'n hoffi cael anrheg? Mae gen i losin am ddim!"

Saethodd cannoedd o ddwylo i'r awyr a dechreuodd pawb glebran ymysg ei gilydd.

"Ond mae losin yn difetha dannedd!" gwaeddodd Cari.

Syllodd Miss Fflos ar Cari, yna gwenodd. "Wel, on'd wyt ti'n un gegog? Beth ydi dy enw di, ferch?"

Oedodd y ferch cyn ateb. "Cari."

"Wel, mae Cari'n iawn, wrth gwrs. Mae losin yn pydru dannedd fel arfer. Ond nid y rhai yma. Mae losin Mami yn rhai arbennig. Does dim siwgr o gwbl ynddyn nhw, felly gallwch chi fwyta cannoedd ohonyn nhw heb wneud difrod i'ch dannedd." Estynnodd blât oddi ar y troli a thynnodd y gorchudd gwyn oddi arno. Roedd 'na bentwr anferth o losin lliwgar ar y plât. A siocled, siocled a mwy o siocled. Taffi triog. Losin mintys, losin ffrwythau, losin crensiog, losin meddal, losin pigog, losin ffrwydrol.

"Dewch yn eich blaenau, blantos. Peidiwch â bod ofn. Helpwch eich hunain i losin Mami!"

Cyn iddi allu gorffen ei brawddeg, roedd cannoedd o blant wedi rhuthro ar y llwyfan ac wedi llenwi eu dyrnau a'u pocedi â'r losin. Ond er mor farus oedd y plant, doedd y pentwr ddim fel petai'n mynd yn llai.

"Helpwch eich hunain!" gwaeddodd Miss Fflos eto. "Mi alla i gonsurio rhagor o'r losin!"

Sylwodd Jac fod Cari'n eistedd yn hollol lonydd yn ei sedd.

"Wyt ti am fynd i nôl rhai, Cari?" holodd Jac.

Ysgydwodd Cari ei phen. "Nac ydw."

"Pam ddim?"

"Wyt ti erioed wedi clywed y stori am y brawd a'r chwaer sy'n mynd i'r goedwig i chwilio am y tŷ sydd wedi'i wneud o losin?"

Synnodd Jac fod dychymyg Cari wedi carlamu fel hyn. "Hansel a Gretel? Do, siŵr – mae pawb wedi clywed honno. Ond stori wirion ydi hi."

Trodd Cari ei phen i syllu ar Jac.

"Dydi hi ddim yn wirion. A dydi'r ffaith mai stori dylwyth teg ydi hi ddim yn golygu na wnaeth hi erioed ddigwydd ..." meddai, cyn troi ei phen yn ôl ac edrych ar y deintydd. Roedd y plant yn dal i daflu'r losin i mewn i'w cegau a'u pocedi, ond doedd y pentwr ar y plât ddim yn mynd yn llai o gwbl.

Dim ond un bachgen oedd wedi aros yn ei sedd. Twm oedd hwnnw. Roedd o'n dal i decstio.

*

Ar ei ffordd adre o'r ysgol y pnawn hwnnw, roedd

Jac eisiau cael gwared ag anrhegion Miss Fflos cyn

gynted â phosib. Roedd 'na rywbeth rhyfedd iawn

am y ddynes, a doedd o ddim yn ymddiried ynddi

o gwbl. Y sblash coch 'na ar ei hesgid, y ffordd

roedd hi wedi sleifio o gwmpas y neuadd am funud

tra oedd pawb yn cau eu llygaid, a'r pentwr o losin

nad oedd byth yn mynd yn llai. Pan gyrhaeddodd Jac y bont dros yr afon, stopiodd a thynnu'r brwsh a'r past dannedd o'i boced. Edrychodd ar y label unwaith eto: 'MAMI'. *Rhyfedd,* meddyliodd. *Mae hi'n swnio mor hoffus a chlên, ond eto ...*

Agorodd Jac gaead y past dannedd. Diferodd slwtsh melyn gludiog ohono. Roedd yr arogl yn ffiaidd, fel chwd cynnes. Syrthiodd un diferyn bach ar y llawr. Roedd yn hisian ac yn ffisian fel asid wrth dyllu drwy'r bont garreg. Camodd Jac yn ôl yn sydyn. *Be sydd yn y past dannedd 'na?* meddyliodd. Yna, sylwodd fod y past yn dal i ddiferu o'r tiwb. Roedd yn mynd yn beryglus o agos at ei fysedd. Glaniodd diferyn bychan ar ei fys, a theimlodd ei groen yn llosgi'n syth.

"Aw!" sgrechiodd y bachgen. Taflodd y tiwb i'r afon ar unwaith. Syrthiodd gyda phlop i mewn i'r dŵr, a gwyliai Jac y tiwb wrth iddo suddo'n araf. Yna, sylwodd fod y brwsh dannedd miniog yn dal yn ei boced. *Fydd gen i ddim dannedd ar ôl os bydda i'n defnyddio hwn,* meddyliodd Jac, felly fe daflodd y brwsh i'r afon hefyd.

Aeth Jac ymlaen ar ei daith. Ond ar ôl ychydig gamau, clywodd sŵn rhyfedd y tu ôl iddo a safodd yn stond. Edrychodd yn ôl ar yr afon. Roedd y dŵr yn berwi ac yn byrlymu. Syllodd Jac mewn arswyd wrth i haig o gannoedd o bysgod marw godi i wyneb y dŵr. Tra oedd Jac yn syllu ar yr afon, daeth criw o blant ysgol heibio, yn chwerthin ac yn jocian, a'u cegau'n llawn o losin, siocled a thaffi Mami. Roedd pob un yn edrych ar ben ei ddigon, yn cnoi ac yn crensian yn farus.

Os oedd y past dannedd yn gallu gwneud i'r afon
ferwi, meddyliodd Jac, be ar wyneb y ddaear sy yn
y losin yna ...?!

6

Tresmaswr

"Rhaid mai ti ydi Jac," meddai'r llais mawr wrth i Jac agor drws y tŷ ar gyrion y dref.

"Pwy ydych chi?" gofynnodd Jac yn bigog. Roedd o'n amddiffynnol iawn o Dad a doedd o ddim yn hoffi gweld pobl ddieithr yn y tŷ.

Roedd dynes yn gwisgo dillad lliwgar yn eistedd yn yr ystafell fyw gyda Dad. Gan ei bod hi'n ddynes fawr, roedd hi'n cymryd mwy na'i siâr o le ar y soffa.

Edrychai ei gwisg amryliw a llachar (sgarff felen, legins pinc, top gwyrdd a chôt las) yn rhyfedd iawn yn yr ystafell lwyd, ddiflas. A dweud y gwir, byddai wedi edrych yn rhyfedd lle bynnag roedd hi.

Roedd Dad yn eistedd yn ei gadair olwyn yng nghornel yr ystafell fel arfer, a phlanced biws, batrymog a blêr dros ei bengliniau. Roedd hi'n oer yn y tŷ. Roedd y gwres canolog wedi cael ei ddatgysylltu rai blynyddoedd yn ôl, ac yn syml iawn, roedd y lle'n syrthio'n ddarnau. Gan fod Dad yn gaeth i'w gadair, doedd o ddim yn gallu gwneud unrhyw waith i gynnal a chadw'r tŷ. Er gwaethaf ymdrechion Jac, roedd dŵr yn llifo drwy'r to pan fyddai'n bwrw glaw, roedd crac yn y rhan fwyaf o'r ffenestri, a llwydni ar hyd y waliau o'r llawr at y nenfwd.

"O, Jac, dyma ..." meddai Dad, gan ymdrechu i gael ei wynt ato. "... Dyma Wini. Gweithwraig gymdeithasol ydi hi."

"Gweithwraig be?" holodd Jac, gan ddal i edrych yn biwis ar y tresmaswr.

"Does dim angen bod ag ofn, ŵr ifanc – ha ha!" cyhoeddodd y ddynes fawr yn llawen, gan osod un o'r clustogau y tu ôl i gefn Dad. "Dwi'n gweithio i'r cyngor. Mae gweithwyr cymdeithasol fel fi yn trio helpu ..."

"Does arnon ni ddim angen help, diolch yn fawr," meddai Jac yn surbwch. "Dwi'n hen ddigon 'tebol i edrych ar ôl Dad, on'd ydw i, Dad?"

Gwenodd Dad ar ei fab, ond ddywedodd o ddim gair.

"Dwi'n siŵr dy fod ti!" meddai Wini gyda gwên. "Gyda llaw, mae'n braf iawn dy gyfarfod di," meddai, gan estyn un o'i dwylo tew, modrwyog. Syllodd Jac ar y llaw.

"Ysgwyd ei llaw, Jac," meddai Dad. "Bydda'n fachgen da."

Cododd Jac ei law'n araf ac yn anfodlon i ysgwyd ei llaw. Gafaelodd Wini yn ei law mor dynn a'i hysgwyd mor galed nes bod Jac yn poeni y byddai ei fraich yn syrthio o'i lle. Roedd y breichledi plastig amryliw ar ei harddyrnau'n clecian yn swnllyd wrth iddi wneud.

"Rŵan, Jac, ga' i fod mor hy â gofyn am baned o de?" gofynnodd Wini.

"Ew, mi fyddai paned o de yn braf rŵan, diolch Jac," ychwanegodd Dad. "Yna mi allwn ni i gyd eistedd i lawr a chael sgwrs iawn."

"Te, os gweli di'n dda, dim coffi – mae hwnnw'n mynd yn syth drwydda i. Ha ha!" bloeddiodd y weithwraig gymdeithasol.

Edrychodd Jac yn amheus arni wrth gamu i'r gegin. Roedd Dad a Jac o hyd yn rhannu llond tebot o de bob tro roedd Jac yn dod yn ôl o'r ysgol. Byddai Jac yn gosod dau gwpan ar yr tre. Dim ond dau.

Un peth roedd Jac wedi'i ddysgu gan ei dad oedd y dylai pawb ymfalchïo'n fawr ym mhleserau syml bywyd, waeth pa mor dlawd ydyn nhw. Felly, bob tro y byddai Jac yn gwneud te, fe fyddai'n ymdrechu i wneud popeth yn iawn. Tra oedd y tegell yn berwi, estynnodd y tebot bychan (er bod y caead wedi mynd ar goll) a'i osod ar y tre bychan. Yna, estynnodd ddau gwpan o'r cwpwrdd. Dim ond dau gwpan oedd yn y tŷ, felly roedd yn rhaid iddo feddwl yn chwim. Daeth o hyd i gwpan wy, a'i osod ar y tre. Fe fyddai hynny'n ddigon am un llond ceg o de. Rhoddodd ychydig o laeth yn y jwg grefi roedd o wedi'i phrynu mewn siop elusen. Yn olaf, estynnodd blât (wedi cracio) a rhoi tair bisged siocled arno (a'r rheiny wedi dechrau mynd yn hen ac yn feddal). Roedd perchennog y siop bapur leol wedi rhoi paced am ddim i Jac pan oedd o'n edrych yn ofnadwy o lwglyd un diwrnod.

Gyda gwên lydan, falch ar ei wyneb, aeth Jac yn ôl i'r ystafell fyw â'r tre yn ei ddwylo. Gosododd o'n ofalus ar y bwrdd coffi (bocs cardfwrdd a'i ben i waered oedd o, ond roedd yn rhaid iddo wneud y tro).

"Dwi wedi clywed llawer iawn amdanat ti gan dy dad, Jac," meddai Wini, gan boeri briwsion bisged dros wyneb Jac a thros y llawr wrth siarad. Cymerodd lond cegaid swnllyd o de o'i chwpan i olchi gweddill y fisged i lawr ei gwddw.

"Aaa!" ochneidiodd. "Dyna welliant. Dwi'n edrych ymlaen yn arw at gael dod i adnabod ..."

Wrth iddi siarad, ceisiodd Jac wenu, a chymerodd gegaid o de o'r cwpan wy. Edrychodd Wini ar y bachgen. Llithrodd i ochr arall y soffa, a daeth ei hwyneb tew o fewn modfeddi i wyneb Jac, fel hipopotamws yn syllu ar aderyn bychan sydd newydd lanio ar ei drwyn. "O mam bach!" meddai. "Edrychwch, mewn difri calon!"

"Edrych ar be?" gofynnodd Jac yn ddryslyd.

"Dy ddannedd di!"

Caeodd Jac ei geg yn glep.

"Na, na, na, wnaiff hynny mo'r tro. Fel gweithwraig gymdeithasol, y peth cynta dwi am ei wneud ydi ..."

"Be?" meddai Jac, gan lyncu ei boer mewn ofn. Roedd o'n gwybod beth oedd yn dod.

"... trefnu apwyntiad deintydd i ti!"

7

Cyfrinachau

Edrychodd Jac ar Dad, gan obeithio y byddai'n dweud wrth y ddynes annifyr am adael y tŷ. Yn syth. Ond wnaeth o ddim. Edrychodd Dad ar y ddynes liwgar. "Dyna syniad da, Wini! Dydw i ddim isio iddo fo golli mwy o ddannedd cyn ei fod o'n dair ar ddeg oed."

"Ha ha! Nac oes, wir!" chwarddodd Wini. "Fyddai hynny ddim yn beth da o gwbl. Mi fyddai trip i weld y deintydd yn gwneud byd o les!"

Heb ofyn caniatâd, estynnodd Wini am y drydedd fisged. Honno oedd yr olaf ar y plât. Er ei bod hi wedi dechrau llwydo, roedd Jac wedi bod yn llygadu'r fisged ers chwarter awr, bron. Dyna'r cyfan oedd ganddo i'w fwyta y noson honno. Llyncodd y ddynes y fisged yn gyfan, a slyrpiodd gegaid fyddarol arall o de.

"SSSSLLLLLLLYYY YYYYRRRRRPPPPPP!!!!"

Ochneidiodd unwaith eto.

"Aaaaaaaaaaaaaaaa!!!!!!!"

Fedrai Jac ddim cuddio'r ffaith ei fod yn gweld y ddynes yn boenus o annifyr.

Torrodd Dad ar draws y tawelwch anghysurus.

"Ew, mae hi'n braf cael ymwelwyr, on'd ydi hi, Jac?"

Ddywedodd Jac ddim byd.

Slyrpiodd ac ochneidiodd Wini eto cyn gofyn:

"Oes ganddoch chi fwy o'r bisgedi bendigedig 'ma? Ha ha!" Roedd hi'n chwerthin ar ddiwedd pob brawddeg mewn ffordd ofnadwy o syrffedus.

"Oes," atebodd Dad. "Mi ddylai fod 'na un arall yn y tun. Dos i'w nôl hi, Jac."

Ond roedd Jac yn dal yn hollol dawel, yn syllu ar y ddynes farus, amryliw.

"Wel ...?" meddai Dad. "Wyt ti am fynd i nôl y fisged, fel bachgen da?"

"Un siocled, os gweli di'n dda. Ha ha!" ychwanegodd Wini'n llon. "Dwi'n gwybod na ddylwn i – mae peryg i mi fynd yn dew! Ond dwi wrth fy modd hefo bisgedi siocled. Ha ha!"

Yn araf bach, cododd Jac o'i sedd ac ymlusgodd yn anfodlon i'r gegin. Roedd o'n gwybod bod un fisged arall yn y tun, ond roedd o wedi bod yn cadw honno ar gyfer swper y noson wedyn. Hanner bisged i Dad, a hanner i Jac. Stopiodd Jac am funud i ysgwyd y briwsion bisged o'i wallt.

"Mae'n rhaid eich bod chi'n falch iawn ohono fo, Mr Ifan," meddai Wini. Roedd Jac yn gallu eu clywed nhw'n siarad o'r gegin.

"Wel, ydw, dwi'n falch iawn o 'ngwas i," meddai

Dad yn wichlyd. Roedd brawddegau hir yn dreth ar ei ysgyfaint.

"Eich gwas chi?"

"Ie, dyna rydw i'n ei alw fo weithiau."

"Dwi'n gweld."

"Mae o wedi gofalu amdana i'n dda iawn ar hyd y blynyddoedd. A dweud y gwir, mae o wedi bod yn gofalu amdana i ar hyd ei fywyd. Ond ..." Dechreuodd Dad sibrwd yn dawel. "... Ond wnes i ddim sôn wrtho fo fy mod i wedi syrthio'r wythnos diwethaf pan oedd o yn yr ysgol. Do'n i ddim isio iddo fo boeni."

"Mmm. Dwi'n deall hynny."

Sleifiodd Jac mor dawel ag y medrai at ddrws yr ystafell fyw. Clustfeiniodd ar sgwrs y ddau oedolyn.

"Ro'n i'n teimlo'n fyr iawn o wynt ac mi aeth popeth yn ddu. Mi wnes i syrthio o'r gadair olwyn yn syth ar lawr y stafell molchi. Mi ges i fy rhuthro i'r ysbyty mewn ambiwlans ac mi wnaeth y doctoriaid bob math o brofion arna i ..."

"Ewch ymlaen." Roedd Wini'n swnio'n bryderus iawn.

"Wel, mi wnaethon nhw ..." Roedd Dad yn cael trafferth dod o hyd i eiriau.

"Cymerwch eich amser, Mr Ifan."

"Wel, mi ddywedodd y doctoriaid wrtha i fod fy anadlu'n mynd o ddrwg i waeth. Yn gyflym iawn ..."

Roedd Jac yn gallu clywed ei dad yn crio. Roedd hynny'n dorcalonnus.

"O na!" ebychodd Wini. "Dyna chi, Mr Ifan, hances i chi."

Anadlodd Jac yn ddwfn. Roedd clywed ei dad yn crio yn gwneud iddo yntau fod eisiau crio hefyd. Ond roedd y dyn balch yn ceisio'i reoli ei hun a dal y dagrau'n ôl.

"Mae'r Ifaniaid yn deulu cryf. Wastad wedi bod. Mi o'n i'n gweithio yn y pwll glo am ugain mlynedd, yn union fel fy nhad o 'mlaen i, a Taid o'i flaen o. Ond dwi'n ddyn symol iawn. A fedrith fy ngwas i ddim ymdopi ar ei ben ei hun."

"Synhwyrol iawn, Mr Ifan," meddai Wini. "Dwi'n hynod o falch eich bod chi wedi penderfynu ffonio'r cyngor yn y pen draw. Trueni na wnaethoch chi hynny'n gynt. Cofiwch, dwi yma i'ch helpu chi a'ch mab ..."

Roedd Jac fel petai wedi rhewi yn yr unfan. Roedd gan Dad dueddiad o guddio newyddion drwg oddi wrtho. Y dyledion mawr, y ffaith fod y teledu a'r oergell wedi cael eu cymryd i dalu am y dyledion, a'r ffaith fod ei iechyd yn gwaethygu. Jac oedd yr olaf i gael gwybod bob tro.

Er eu bod nhw'n agos iawn at ei gilydd, roedd digon o bethau wedi digwydd i Jac na wyddai Dad ddim amdanyn nhw. Roedd gan Jac ei gyfrinachau hefyd.

Y ffaith fod y bechgyn mawr yn ei fwlio fo yn yr ysgol am wisgo fel trempyn.

Y ffaith ei fod wedi gorfod aros ar ôl ysgol am beidio â gwneud ei waith cartref gan ei fod wedi bod yn rhy brysur yn glanhau'r tŷ y noson cynt.

Y ffaith ei fod wedi cael ei ddal yn chwarae triwant gan y prifathro. Mewn gwirionedd, roedd yn rhaid iddo adael yr ysgol yn fuan i gyrraedd y dref agosaf cyn i'r siopau gau i brynu olwyn newydd ar gyfer cadair olwyn ei dad.

Roedd Jac yn teimlo bod gan Dad ddigon i boeni amdano heb orfod poeni amdano yntau hefyd.

Ond ar ôl clywed y sgwrs o'r gegin, er gwaethaf ei holl ymdrechion, fedrai Jac mo'i stopio'i hun rhag crio. Roedd Jac yn un o'r Ifaniaid hefyd. Teulu cryf a balch. Ond roedd y dagrau'n drech nag o. Llifodd dagrau cynnes, hallt i lawr ei ruddiau. Er gwaethaf pob dim, roedd Jac wedi credu y byddai Dad yn gwella ryw ddydd. Ond bellach, roedd o'n gwybod yn wahanol.

8

Dim ond llanast

"Jac?" gwaeddodd Dad o'r ystafell fyw. "Ble mae'r fisged i Wini?"

Brysiodd Jac ar flaenau'i draed i'r gegin a chwilio am y tun bisgedi. Roedd o wedi clywed rhywbeth na ddylai fod wedi'i glywed. Ac roedd yn rhaid iddo guddio hynny.

"Mi wna i fynd i chwilio amdano fo, Mr Ifan," meddai Wini. Taranodd o'r ystafell fyw am y gegin. Doedd Jac ddim eisiau iddi ei weld o'n crio. Doedd o ddim eisiau i *neb* ei weld o'n crio. Gan ei fod wedi tyfu i fyny heb fam, roedd o wedi gweld mwy o dristwch na'r rhan fwyaf o blant eraill. Oherwydd hynny, roedd o wedi dysgu sut i guddio'i deimladau.

Eu cuddio nhw yn nwfn ei galon lle na allai neb arall eu gweld nhw.

Sychodd Jac ei lygaid yn frysiog â llawes ei siwmper, cyn sychu'r dagrau oedd wedi llifo i lawr ei drwyn.

"Rŵan, Jac bach, wyt ti wedi dod o hyd i'r bisgedi?" holodd Wini. Roedd Jac wedi troi ei gefn tuag ati, a wnaeth o ddim troi rownd. Roedd o'n gobeithio y byddai'r holl ddagrau wedi cilio mewn ychydig eiliadau ac y byddai'r cochni wedi mynd o'i lygaid.

Synhwyrodd Wini fod rhywbeth o'i le. "Jac? Jac? Ydi popeth yn iawn?"

Bachodd Jac y tun bisgedi o ben y cwpwrdd. Rhoddodd y tun i Wini heb droi i edrych arni.

"Dyna chi. Bwytewch yr un olaf – peidiwch â phoeni amdanon ni!"

Ysgydwodd Wini ei phen yn araf, yna sylwodd ar y pentwr o lythyron ar ben y cwpwrdd y tu ôl i Jac.

"Be ydi'r holl lythyron 'na?" gofynnodd Wini.

"Pa lythyron?" atebodd Jac. Trodd i wynebu Wini, ac mewn panig fe sylwodd fod Wini'n sôn am y pentwr o lythyron blin gan y deintydd roedd o wedi bod yn eu cuddio ar ben y cwpwrdd.

"O, dim ond llanast," meddai'n gelwyddog.

"Wel, y bin ydi lle llanast, nid ar ben y cwpwrdd."
Estynnodd ei llaw i afael yn y llythyron, a chyn i Jac
allu dweud dim, roedd hi wedi dechrau pori drwy'r
papurau. Yn sydyn, roedd ei gyfrinach wedi'i thorri.

"Wel wel, pwy fyddai'n meddwl?! Llythyron gan
y deintydd! O diar, Jac, dwyt ti ddim wedi bod at y
deintydd ers blynyddoedd!" meddai Wini. "Rŵan,
dwi'n deall bod llawer o blant yn ofni'r deintydd,
ond creda di fi ..."

Bachodd Jac y llythyron o ddwylo'r weithwraig gymdeithasol.

"Stopiwch fusnesa, ddynes!"

cyfarthodd Jac. "Dwi'n caru Dad ac wedi edrych ar ei ôl o'n dda. Yn well na chi. Yn well nag unrhyw un. Felly ewch o 'ma a pheidiwch byth â dod yn ôl. Gadewch lonydd i ni!"

Syllodd Wini'n hir ar Jac, gan aros i'w dymer oeri. Plygodd ei phen i'r ochr yn araf. Roedd hi wedi gweld llawer iawn o blant trafferthus dros y blynyddoedd, ond neb mor frwd â hwn. Anadlodd yn ddwfn cyn dweud: "Jac, gwranda arna i, plis. Dwi yma i ofalu am dy dad. Dwi'n gwybod nad ydi hi'n hawdd derbyn hynny. Rwyt ti'n fy nghasáu i ar hyn o bryd, mae'n siŵr ..."

Wnaeth Jac ddim anghytuno.

"Ond pwy a ŵyr, Jac, falle y byddi di'n dod i fy hoffi i. Falle y byddwn ni'n ffrindiau ryw ddydd, hyd yn oed."

Chwyrnodd Jac wrth feddwl am y peth.

"Rŵan, ddyn ifanc, beth am i ni eistedd i lawr i gael sgwrs fach?"

Fedrai Jac ddim rheoli ei dymer rhagor.

"Does 'na ddim byd i'w drafod hefo CHI!" gwaeddodd Jac, cyn gwthio heibio Wini ac allan o'r gegin fechan.

Wrth iddo frasgamu i'r ystafell fyw, gwaeddodd Wini arno.

"Jac, plis," erfyniodd.

Ond anwybyddodd Jac yr alwad. Caeodd ddrws ei ystafell wely'n glep ar ei ôl a'i gloi. Caeodd ei lygaid yn dynn mewn gwylltineb. Yna, clywodd sŵn cnocio tawel ar y drws.

TAP TAP TAP.

Roedd hyd yn oed y ffordd roedd hi'n cnocio'r drws yn ei wylltio.

"Jac?" sibrydodd. "Wini sy yma!"

Ddywedodd Jac ddim byd.

"Dwi am fynd rŵan," meddai Wini, gan esgus nad oedd dim byd o'i le. "Ond mi wna i ffonio'r deintydd ben bore fory i sôn am dy ddannedd di. Dwi wedi clywed bod 'na ddeintydd newydd hyfryd wedi dechrau gweithio yma – Miss Fflos. Hwyl fawr!"

Rhewodd Jac mewn braw. Dim Miss Fflos. Unrhyw un ond Miss Fflos ...

9

Paid â dweud ...

Yn yr ysgol y bore trannoeth, sylwodd Jac fod rhywun wedi rhoi nodyn byr dan ddrws ei locer. Roedd rhywun wedi torri llythrennau mawr allan o bapur newydd, ond doedd dim enw arno.

Roedd ystafell y bwyler yn bell yng nghrombil yr ysgol. Doedd fiw i'r plant fynd yno. Edrychodd Jac o'i gwmpas er mwyn gwneud yn siŵr nad oedd neb wedi'i weld, a sleifiodd i lawr y grisiau o'r maes chwarae.

DIM MYNEDIAD!

rhybuddiodd yr arwydd. Mor dawel â phosib, agorodd Jac y drws mawr, trwm. Gwichiodd wrth agor. Roedd hi'n dywyll y tu mewn ac roedd sŵn rhygnu'r bwyler anferth yn fyddarol. Aeth ias i lawr ei gefn wrth iddo sylweddoli na fyddai neb yn gallu ei glywed yn sgrechian. Roedd arno ofn. Efallai mai trap oedd y cyfan.

Yn sydyn, camodd ffigwr tywyll i'r golwg. Rhywun byr â gwallt hir, blêr.

"Cari!" gwaeddodd Jac mewn rhyddhad. "Pam rydyn ni'n gorfod

95

cwrdd yn fa'ma? Beth petaen ni'n cael ein dal?"

"Bydda'n dawel!" rhybuddiodd Cari. "Does wybod pwy sy'n gwrando. Brysia – rho'r hen fwrdd du 'na yn erbyn y drws i stopio unrhyw un rhag dod i mewn."

Ufuddhaodd Jac. Gwnaeth Cari'n siŵr fod yr ystafell yn ddiogel, yna fe agorodd y rholyn mawr o bapur roedd hi'n ei gario o dan ei chesail, a'i osod ar y llawr budr. Penliniodd y ddau i edrych arno. Yn

sydyn, deallodd Jac mai map anferth o'r dref oedd o. Roedd Cari wedi mynd i drafferth fawr i gael y manylion i gyd, ac wedi sgwennu nodiadau mewn pensiliau lliw wrth ymyl ambell dŷ. Pwyntiodd Cari at ambell le ar y map wrth siarad:

"Bythefnos yn ôl. Tachwedd y 10fed. Dafydd Jones, nyth gwenyn. Tachwedd y 12fed. Glenys Roberts, baw cath. Yr un noson. Trefor Huws, hen hosan ddrewllyd ..."

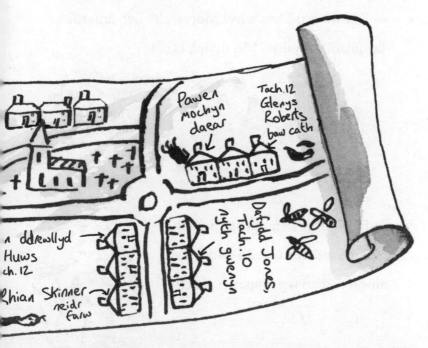

Roedd Jac mewn penbleth. "Be ar wyneb y ddaear ydi hyn?" holodd.

"Tachwedd 13eg. Nos Wener. Noson brysur. Ar draws y dref. Rhian Skinner, neidr farw.

Y chwiorydd Jess a Nel Morys, chwilen anferth. Tarddiad: anhysbys. Nid dynol, efallai.

Elis Morgan, morgrug rheibus. Deffro i weld cannoedd ohonyn nhw'n hedfan o gwmpas ei stafell ..."

"Dwi ddim yn deall," meddai Jac.

"A neithiwr, fi. Mi wnes i golli dant, felly mi wnes i ei osod o dan y gobennydd, wrth gwrs. Be oedd yno yn y bore, tybed?"

"Yym, dim syniad."

"Adain ystlum!"

"Na!"

"Ie, wir yr. Yn dal i guro. Mae'n rhaid mai dim ond newydd gael ei rhwygo oddi ar ystlum roedd hi."

Allai Jac ddim coelio beth roedd Cari'n ei ddweud wrtho. Roedd y ferch yn dal i fynd. Doedd dim stopio arni hi.

"Felly, mi wnes i ddechrau holi ambell un yn yr ysgol y bore 'ma, a deall bod hynny wedi bod yn digwydd i bobl ar hyd a lled y dre. Plant yma ac acw, yma, acw, acw ac yma hefyd," meddai wrth bwyntio at yr holl lefydd ar y map. "Pob un wedi cael ei dargedu neithiwr. Ac mae pethau'n mynd yn waeth ac yn waeth. Pawen mochyn daear, malwen heb ei chragen, cannoedd o nadroedd cantroed yn cropian ar hyd y gwely, hen blastar gwaedlyd yn llawn o lysnafedd ..."

Roedd Jac yn gwingo wrth feddwl am y peth. "Stopia wir, Cari!"

"A dydi pethau ddim yn edrych fel petaen nhw am stopio ..."

"Ond pwy sy'n gwneud hyn?" gofynnodd Jac.

Ysgydwodd Cari ei phen. "Does wybod. Doedd 'run o'r plant wedi clywed na gweld dim byd. Roedden nhw i gyd yn deffro yn y bore yn disgwyl gweld ceiniog lachar, ond yna ..."

"A wnest ti ddim gweld dim byd neithiwr?"

"Dim byd," atebodd Cari. "Dwi'n cloi drws fy stafell cyn mynd i gysgu, a dwi'n byw ar y pymthegfed llawr mewn bloc o fflatiau, felly sut goblyn wnaethon nhw ddod i mewn?"

Oedodd Jac i feddwl am funud. "Wel, mae'r peth yn amhosib ..."

"Wel, mi wnaethon nhw lwyddo rywsut," meddai Cari'n bendant. Oedodd hithau i feddwl hefyd. "Falle eu bod nhw wedi hedfan drwy'r ffenest ..."

Chwarddodd Jac. Roedd Cari'n gadael i'w dychymyg redeg yn wyllt rŵan.

"Callia, Cari. Mae hynny'n amhosib!"

Syllodd Cari arno. "Does dim byd yn amhosib, Jac."

Ond doedd Jac ddim yn ei chredu. "Falle y dylen ni fynd â'r map at y prifathro ..."

Tro Cari oedd hi i chwerthin rŵan. "Mr Llwyd?!" meddai. "Dydi o'n dda i ddim. Y fo wnaeth adael y deintydd dieflig 'na i mewn i'r ysgol."

Roedd meddwl Jac yn troelli.

"Ti ddim yn meddwl bod Miss Fflos yn gyfrifol am hyn, nac wyt ti?"

Oedodd Cari eto. "Na. Sut fedrai hi? Yr holl wahanol dai mewn un noson? Mi fyddai hynny'n amhosib i un person ..."

"Byddai, am wn i."

"Ond mae 'na rywbeth rhyfedd ofnadwy amdani hi," meddai Cari, gan syllu'n wag i'r pellter.

"Be bynnag wnei di, paid â thrio'r past dannedd. Mae o'n gallu toddi drwy garreg!"

"Be?!" holodd Cari. Roedd hwn yn ddarn newydd a phwysig ar gyfer y jig-so.

"Ydi. Mi wnes i golli diferyn ohono fo ar lawr, ac mi aeth yn syth drwy'r bont. Mi wnes i daflu'r gweddill i'r afon, ac mi wnaeth o ladd y pysgod i gyd."

"Dwi'n falch nad o'n i'n ddigon twp i gymryd y past felly ..." meddai Cari'n llawen.

Doedd Jac ddim yn hoffi cael ei alw'n dwp. "Cari, mi wnaeth Miss Fflos fy ngorfodi i i'w gymryd o!"

"Dyna maen nhw i gyd yn ei ddweud!" meddai Cari gyda gwên. Roedd hi'n hoffi pryfocio Jac.

"Wel, rhyngddon ni'n dau, mae 'na dipyn go lew o dystiolaeth yma," meddai Jac. "Anghofia am y prifathro. Mi awn ni'n syth at yr heddlu ..."

10

Mater brys

"Felly, blantos bach, os ydw i wedi deall yn iawn," ochneidiodd PC Plonc, "rydych chi'n sôn am ryw anghenfil dieflig sy'n hedfan o le i le yn dwyn dannedd?"

Dirwyon parcio a waledi wedi mynd ar goll oedd yn mynd ag amser PC Plonc fel rheol. Doedd ganddo ddim owns o amynedd â stori anghredadwy Cari a Jac. Roedd y ddau wedi rhedeg nerth eu traed i swyddfa'r heddlu yn syth o'r ysgol, ac roedden nhw'n eistedd mewn ystafell dan olau llachar gyda phlismon twp.

"Wnes i ddim dweud mai anghenfil oedd o!
Dwi ddim yn gyfan gwbl sicr," atebodd Cari.

Ysgydwodd PC Plonc ei ben yn syrffedus. "Ond
falle mai anghenfil ydi o?"

Nodiodd Cari.

"A does neb wedi'i weld. O, a dydi o ddim ond
yn mentro allan ar ôl iddi dywyllu!" ychwanegodd
y plismon yn ddirmygus.

"Cywir," meddai Cari, gan agor y map mawr ar y
bwrdd. "Edrychwch. Mae pob un o'r plant 'ma wedi
dod o hyd i rywbeth erchyll o dan y gobennydd."

Archwiliodd y plismon y map am funud, ond
doedd o ddim mymryn callach.

"Dim byd ond jôc gan frawd neu chwaer, am wn
i!" meddai PC Plonc ymhen ychydig.

"Jôc afiach braidd," meddai Jac yn bendant.

"Wel ... ie, am wn i. Mae hynny braidd yn ...
afiach," mwmialodd y plismon.

Synhwyrodd Jac fod y plismon rhwng dau feddwl. Fe fyddai'n siŵr o'u credu ar ôl y frawddeg nesaf. "Ac rydyn ni'n meddwl fod a wnelo'r cyfan â'r deintydd newydd, Miss Fflos. Mi ddaeth hi draw i'r ysgol ddoe, a rhoi tiwb arbennig o bast dannedd i mi ..."

"Be amdano fo?"

"Roedd o'n gallu toddi drwy garreg."

Syllodd y plismon yn amheus ar Cari a Jac. Roedd manylder stori'r ddau yn peri penbleth iddo. "Wyt ti wedi dod â'r past dannedd hefo ti heddiw, fachgen?"

Ysgydwodd Jac ei ben yn araf. "Naddo – mi wnes i ... yym ... daflu'r tiwb i'r afon."

Edrychodd PC Plonc arno'n flin. "Taflu sbwriel ydi peth felly! Mi allwn i dy arestio di."

"Ond ..." protestiodd Jac.

"Wel, fachgen, os nad oes ots gen ti a dy gariad ..."

Cariad?! Dychrynodd Jac. Doedd o erioed wedi cael cariad, ac roedd o'n dal yn ddigon ifanc i feddwl bod merched yn afiach. Yn hollol, hollol afiach.

"Dydi hi ddim yn gariad i mi!" ebychodd Jac.

"Fyddwn i byth yn mynd allan hefo Jac!" cytunodd Cari.

"Dyna ni, dyna ni, os nad oes ots gen ti a dy *ffrind*, mae gen i waith pwysig i'w wneud."

"Be sy'n bwysicach na hyn?!" mynnodd Cari.

Edrychodd y plismon yn filain arni. Doedd o ddim wedi arfer â chlywed pobl yn ateb yn ôl.

"Wel, os oes rhaid i ti wybod, mae gen i ddynes wyth deg oed yn y gell. Mi gafodd hi'i dal yn ceisio dwyn jeli o'r archfarchnad."

"O, pwysig ofnadwy!" meddai Cari'n goeglyd. "Do'n i ddim yn gwybod bod 'na rywun mor beryglus yn ein plith ni!"

Gwenodd Jac. Roedd o'n dotio ar hyder Cari. Ond doedd PC Plonc ddim yn gweld hyn yn ddoniol. A dweud y gwir, roedd o'n gandryll. Safodd ar ei draed a gwaeddodd:

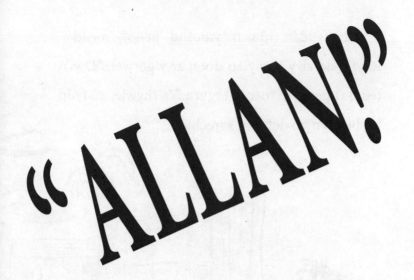

"ALLAN!"

Safai'r ddau ohonyn nhw y tu allan i swyddfa'r heddlu yn y gwynt rhewllyd. Roedd Cari'n edrych yn dorcalonnus, felly ceisiodd Jac ei chysuro.

"Paid â phoeni, Cari, fedri di ddim gweld bai arno fo," meddai'n dyner. "Mae'r cyfan yn swnio'n eitha rhyfedd."

Doedd hi ddim ond yn ddiwedd y pnawn, ond roedd hi eisoes yn dechrau tywyllu. Chwipiodd awel oer, aeafol ar draws wyneb Cari wrth iddi edrych i fyny ar yr awyr.

"Mi fyddan nhw'n ymosod heno," meddai. Rhythodd ar y cymylau duon ar y gorwel. "Dwi'n teimlo'r peth ym mêr fy esgyrn. Yn rhywle, mi fydd 'na blentyn yn deffro'n sgrechian ..."

11

Y cynllun

"Rwyt ti'n hwyr, 'ngwas i," meddai Dad o'r ystafell fyw pan gyrhaeddodd Jac adre o'r diwedd.

"O, mi o'n i yn ... y clwb gwyddbwyll," atebodd Jac. Doedd o ddim yn gelwydd credadwy iawn – doedd Jac prin yn gwybod sut i chwarae drafftiau, heb sôn am wyddbwyll, ond doedd o ddim am i'w dad ddechrau poeni. Aeth Jac i mewn i'r ystafell fyw, a gwelodd ei bod hi yn ei hôl.

Wini.

Yn gwneud ffys.

"Newyddion da, Jac bach!" cyhoeddodd.

"Be?" meddai Jac. Roedd o'n gobeithio y byddai Wini'n dweud ei bod hi'n symud i fyw dramor.

"Dwi wedi trefnu apwyntiad hefo'r deintydd!" meddai'n falch.

Rhewodd Jac.

"Newyddion da, yntê, Jac?" meddai Dad.

"Mi wnes i siarad â Miss Fflos ar y ffôn y bore 'ma," eglurodd Wini. "Mi ddywedodd hi wrtha i ei bod hi'n dy gofio di o'r ysgol. Beth bynnag, mi ddywedodd hi hefyd ei bod hi'n brysur iawn, ond y byddai hi'n trefnu apwyntiad brys am ddau fory!"

Roedd yfory'n ddydd Mercher ac fe ddylai Jac fod yn yr ysgol, wrth gwrs – mewn gwers ddwbl Mathemateg, a bod yn fanwl gywir. Roedd Jac yn casáu Mathemateg, ond fe fyddai **dwbl** Mathemateg – **dau ddwbl** Mathemateg, hyd yn ocd yn ganmil gwell na gorfod mynd at y deintydd. Yn enwedig Miss Fflos. Roedd Jac yn casáu Mathemateg â chas perffaith – hafaliadau, algebra, tablau – ond fe fyddai hynny'n nefoedd o'i gymharu â mynd at unrhyw ddeintydd.

"Diolch o galon, Wini," meddai Jac yn gelwyddgar.

"Sut wnei di fynd yno?" holodd Dad.

"Paid â phoeni, mi alla i ddal y bws yno o'r ysgol ar ôl cinio."

Roedd gwasanaeth bws y dref yn enwog am fod yn annibynadwy. Wrth gwrs, doedd gan Jac ddim unrhyw fwriad i fynd yn agos at y deintydd, ac fe fyddai'r gwasanaeth bws gwael yn cynnig rhestr hir o esgusodion da iawn:

- Mi wnes i aros ac aros ond wnaeth y bws ddim cyrraedd (yr hen rai ydi'r gorau).

- Mi wnes i ddal y bws anghywir, sef y bws oedd yn cael ei ddefnyddio mewn arddangosfa beiciau modur.

- Daeth y dyn tewaf yn y byd ar y bws a'i droi ar ei ochr.

- Roedd 'na oedi am rai oriau wrth i haid o bengwiniaid geisio dal y bws yn y sw, ond doedd gan yr un ohonyn nhw ddigon o arian.

- Daeth gang o ladron ar y bws a'i yrru i Fecsico.

- Fe aeth y gyrrwr y ffordd anghywir ac fe aeth y bws yn sownd o dan bont isel. Roedd yn rhaid i griw o wyddonwyr wneud y bws yn llai, ac fe gymerodd hynny lawer o amser gan fod yn rhaid dyfeisio peiriant newydd i allu gwneud hynny.

- Fe wnaeth ci drws nesaf fwyta'r bws (mae hwn yn gweithio'n well fel esgus am beidio â gwneud gwaith cartref).

- Roedd y bws, mewn gwirionedd, yn robot mewn gwisg bws. Felly roedd 'na dipyn o oedi tra oedd y robot yn ymladd â robotiaid eraill er mwyn rheoli'r bydysawd. Hefyd, roedd 'na lawer o oleuadau traffig.

- Roedd un o'r olwynion yn fflat, felly roedd yn rhaid galw dyn cryfaf y byd i godi'r bws er mwyn newid yr olwyn. Gan nad oedd neb yn gwybod rhif ffôn y dyn cryfaf yn y byd, bu'n rhaid cynnal cystadleuaeth 'Y Dyn Cryfaf yn y Byd' ar ochr y ffordd, a chymerodd hyn rai dyddiau.

- Fe gafodd y bws ei sugno i ganol trobwll gofod-amser, ac fe daflwyd y bws filiynau o flynyddoedd ymlaen i'r dyfodol lle roedd estroniaid yn rheoli'r byd (hwn oedd yr esgus olaf un).

Edrychodd Wini'n amheus ar Jac. Roedd hi wedi gweld nifer o blant anodd dros y blynyddoedd. Roedd y dref yn llawn o blant fel Jac ac roedden nhw'n fodlon dweud pob math o gelwyddau er mwyn peidio â gorfod mynd at y deintydd neu'r doctor. Yna, dywedodd:

"Na wnei di wir, Jac. Wnei di ddim dal y bws."

"Pam?"

"Mi gei di lifft gen i ar fy sgwter."

"Diolch o galon, Wini," meddai Dad.

"Dim problem siŵr, Mr Ifan."

Eglurodd Wini ei chynllun:

Byddai hi'n casglu Jac ar ei sgwter am 1:30 y.h. Dim ond chwarter awr o siwrne oedd hi, felly doedd dim peryg iddyn nhw fod yn hwyr. A dweud y gwir, roedden nhw'n siŵr o fod yn gynnar.

Ar ôl cyrraedd syrjeri'r deintydd, byddai Wini'n anfon Jac i fyny'r grisiau. Fe fyddai hynny'n golygu na allai Jac ddianc i'r siop losin agosaf.

Wedyn, tra byddai Miss Fflos yn trin dannedd drwg Jac, byddai Wini'n aros yn yr ystafell aros, a threfnu apwyntiad arall ar ei gyfer.

Yn olaf, byddai Wini'n mynd â Jac yn ôl i'r ysgol. Fe fyddai o'n ôl mewn pryd ar gyfer ail hanner y wers Fathemateg!

Roedd o'n gynllun da a thrylwyr. Allai dim byd fynd o'i le.

Edrychai Jac drwy'r ffenest wrth i Wini wibio i lawr y stryd ar ei sgwter bach coch, yn edrych

Pysgodyn trofannol   Wini

fel rhyw bysgodyn trofannol. Roedd y sgwter yn gwneud rhyw sŵn cecian *twt-twt-twt* wrth fynd. Roedd hi'n beryg bywyd, yn gwyro o amgylch ceir ac yn sgrialu rownd pob cornel, gan godi'r olwyn flaen cyn gwibio o'r golwg.

*

"Felly, 'ngwas i." Roedd Jac a Dad yn eistedd yn yr ystafell fyw wrth olau cannwyll yn hwyrach y noson honno. Roedd y cwmni trydan wedi torri'r cyflenwad ers blynyddoedd. "Wyt ti'n barod am antur arall?"

"Ydw, Dad," atebodd Jac yn ddigyffro.

Mewn gwirionedd, doedd ganddo ddim amynedd o gwbl i fynd ar antur. Roedd ganddo bethau pwysicach ar ei feddwl.

"Felly, cau dy lygaid, a dychmyga ..." meddai Dad. Ochneidiodd Jac, gan ryw hanner cau ei lygaid. Tra oedd gweddill plant yr ysgol wrthi'n gwylio ffilmiau 3D neu'n chwarae'r gemau cyfrifiadur diweddaraf, roedd yn rhaid i Jac eistedd gyda'i dad yn y tywyllwch.

"Be am i ni gredu ein bod ni mewn hen, hen gastell, yn eistedd wrth fwrdd pren, crwn, anferth. Rydyn ni'n gwisgo arfwisgoedd dur. Mae gynnon ni gleddyfau dur, hir. Rydyn ni'n ddau farchog. Ac mae 'na ddeg marchog arall yn eistedd wrth y bwrdd. Cyfnod y Brenin Arthur ydi hi a ni ydi Marchogion Arthur. Rŵan, dy dro di i ddychmygu, 'ngwas i."

Ond roedd meddwl Jac wedi crwydro. Roedd 'na gymaint o bethau eraill yn troelli yn ei feddwl ... y pethau erchyll oedd wedi bod yn digwydd yn y dref ... y weithwraig gymdeithasol ryfedd ... yr apwyntiad deintydd gyda Miss Fflos. Felly, er bod Jac wedi clywed beth roedd Dad newydd ei ddweud, doedd o ddim yn gwrando.

"Ocê ... yym ... marchogion ydyn ni, ie? Felly ... yym ..."

Agorodd Dad ei lygaid, a sylwodd fod llygaid Jac yn agored hefyd.

"Be sy'n bod, 'ngwas i?"

"Dim byd, Dad. Sorri, mae gen i lot o bethau ar fy meddwl ar hyn o bryd. Gwaith ysgol ac ati. Mae gen i lot o arholiadau y tymor nesa ..."

Roedd golau gwan y gannwyll yn taflu cysgodion rhyfedd ar hyd yr ystafell, ond roedd digon o olau i Jac allu gweld bod Dad yn edrych yn ddigalon. Estynnodd Dad i afael yn llaw ei fab.

"Mi fyddet ti'n dweud petai rhywbeth yn dy boeni di, fyddet ti, 'ngwas i?"

"Wrth gwrs y byddwn i," meddai Jac, gan ollwng llaw Dad. Roedd ei feddwl yn chwyrlïo. Doedd ganddo ddim unrhyw fwriad i fynd at y deintydd yfory. Roedd arno angen cynllun. Yn sydyn.

12

Y cynllun (2)

Roedd Jac yn deffro'n gynnar iawn bob bore cyn mynd i'r ysgol. Y rheswm am hynny oedd ei fod yn gorfod edrych ar ôl Dad yn ogystal ag edrych ar ei ôl ei hun. Felly, ar ôl ymolchi a gwisgo ei wisg ysgol, byddai'n rhaid iddo fynd draw i ystafell Dad a'i helpu yntau i ymolchi a gwisgo hefyd. Wedyn, byddai'n mynd i lawr y grisiau i wneud brecwast i'r ddau ohonyn nhw.

Y bore hwnnw, doedd dim byd ar ôl yn y cwpwrdd ond un dafell sych o fara. Torrodd Jac y dafell yn ei hanner, a rhoi'r

hanner mwyaf i Dad, ond gwrthododd Dad gymryd y darn mwyaf, a'i roi'n ôl i Jac.

Mewn dim o dro, roedd yn bryd i Jac adael y tŷ.

"Rŵan, cofia 'ngwas i, mi fydd Wini'n dod i dy gasglu di o'r ysgol am hanner awr wedi un i fynd â ti at y deintydd," meddai Dad.

"Sut fedra i anghofio?" gofynnodd Jac yn bwdlyd.

"Mae hi'n ddynes dda, 'ngwas i. Mi wnaeth hi ffonio'r ysgol i drefnu popeth, hyd yn oed."

"Chwarae teg iddi hi," meddai Jac yn sych.

"Rŵan, paid â bod yn hwyr."

"Paid â phoeni, Dad, mi fydda i yno," meddai'n gelwyddgar. Rhoddodd gusan ar dalcen ei dad cyn ei throi hi am yr ysgol.

Doedd Jac ddim wedi gallu cysgu y noson cynt gan fod ei feddwl fel chwyrligwgan yn dyfeisio cynllun. Ac roedd o wedi cael un. Un da.

Roedd o'n mynd i guddio.

Roedd gan y cynllun dair rhan:

1. Am 1:29 y.h., byddai Jac yn gofyn am gael gadael y wers Fathemateg i fynd at y deintydd.

2. Yna, yn hytrach na cherdded at giatiau'r ysgol i gwrdd â Wini, byddai'n mynd i guddio. Roedd yr ysgol yn enfawr, felly roedd 'na gannoedd o lefydd da i guddio. Y cwpwrdd mop, dan bentwr o siwmperi coll, y tu ôl i'r llyfrau yn y llyfrgell. Unrhyw le ymhell o olwg y ddynes fusneslyd.

3. Wedyn, byddai'n aros yno nes iddo glywed y gloch, ac ymuno â'r rhes hir o ddisgyblion ar eu ffordd adre.

*

"Psst, Jac…"

Edrychodd Jac o'i gwmpas ar y maes chwarae, ond doedd o ddim yn gallu gweld pwy oedd yn sibrwd.

"Pssst! Wrth y biniau …"

Roedd Jac newydd gyrraedd yr ysgol ac roedd y lle'n llawn dop o blant yn rhuthro oddi ar y bysiau. Yn araf, sleifiodd Jac at y biniau ac ochneidiodd mewn rhyddhad wrth sylweddoli mai llais cyfarwydd ei ffrind newydd oedd o.

"O, helô Cari!" meddai Jac.

"Neithiwr. Un deg tri o ymosodiadau!"

"Waw!" Roedd Jac yn gegrwth.

"Pob math o bethau o dan y gobennydd."

"Sut fath o bethau?"

"Cynffon ci bach … dafad flewog … llysywen fyw … a'r bore 'ma, wnest ti sylwi ar unrhyw beth gwahanol?" gofynnodd y ferch fach.

"Fel be?"

"Y plant. Edrycha arnyn nhw."

Syllodd Jac dros ymyl y biniau ar y disgyblion eraill. Ar yr olwg gyntaf, doedd dim byd anarferol i'w weld.

"Wela i ddim byd."

"Ro'n i'n meddwl dy fod ti'n wahanol i'r plant eraill. Ro'n i'n meddwl dy fod ti'n glyfar."

Roedd Jac yn benderfynol o beidio â siomi Cari. Rhythodd yn galetach ac yn fanylach ar y plant eraill. Sylwodd eu bod nhw'n llawer tawelach nag arfer, ac ambell un yn gafael yn ei foch mewn poen.

"Y ddannodd!" ebychodd Jac.

"Bingo! O'r diwedd!" ochneidiodd Cari.

"Rhaid mai'r holl losin 'na sy'n gyfrifol!"

"Taw â sôn ..." meddai Cari'n goeglyd.

Roedd Jac yn dechrau syrffedu ar Cari'n ei drin
fel petai o'n dwp. "Cau dy geg am funud, wnei di?
Ti'n dechrau mynd dan fy nghroen i."

Meddyliodd Jac am ychydig. "Felly, mae'n amlwg fod y losin yn llawn siwgr. Yn llawn dop. Ond pam mae Miss Fflos yn gwneud hyn? Er mwyn cael mwy o gwsmeriaid?"

"Neu fel rhyw fath o jôc greulon," mwmialodd Cari.

Yn sydyn, cofiodd Jac am rywbeth. "Wnei di ddim credu hyn, ond mae'r weithwraig gymdeithasol wedi trefnu apwyntiad i mi hefo Miss Fflos pnawn 'ma ..."

Gwenodd Cari'n llydan. "Gwych!"

"Be?!" ebychodd Jac mewn syndod.

"Mi elli di chwilio yn y syrjeri am gliwiau, felly. Chwilio am unrhyw beth fyddai'n gallu ei chysylltu hi â'r ymosodiadau 'ma."

Fedrai Jac ddim credu ei glustiau. "Wyt ti'n hollol wallgo? Mae'r ddynes 'na'n fy nychryn i. Dydw i ddim yn mynd yn agos ati hi! Pwy a ŵyr be wnaiff hi i mi?"

"O, paid â bod yn gymaint o hen ferch fach."

Syllodd Jac ar Cari. Fedrai o ddim credu ei fod o newydd gael ei alw'n 'ferch fach'.

Gan ferch.

Merch un ar ddeg oed.

Merch o leiaf droedfedd yn fyrrach nag o.

"Be ddywedaist ti?!" mynnodd Jac.

Ond wnaeth o ddim codi ofn ar Cari. "Hen ferch fach, hen ferch fach, hen ferch fach!" meddai.

"Hei, taw! Ti ydi'r un sydd mor awyddus i wybod popeth amdani hi. Dos di at Miss Fflos!" meddai Jac yn ddirmygus.

Syllodd Cari i fyw llygaid Jac. "Pam lai?" meddai. Yna, trodd ar ei sawdl, rhoddodd fflic i'w gwallt hir, a cherddodd i mewn i'r ysgol.

Aeth yr oriau heibio'n boenus o araf i Jac. Roedd pob gwers yn teimlo fel diwrnod cyfan. Roedd o'n aros ac yn aros am y wers Fathemateg er mwyn gallu gweithredu ar ei gynllun mawr i osgoi Miss Fflos. Doedd 'na ddim peryg yn y byd y byddai o'n mynd i weld Miss Fflos a gadael iddi ymosod ar ei ddannedd. A doedd o ddim yn poeni os byddai Cari'n ei alw'n 'hen ferch fach'.

Ymhen hir a hwyr, daeth yr amser. Roedd hi'n 1:29 y.h.

Ar yr union funud, saethodd llaw Jac i'r awyr yng nghanol darn afiach o algebra cymhleth. Gofynnodd am gael gadael y dosbarth.

"I'r dim. Mae'n hen bryd i ti fynd at y deintydd i drin y dannedd drwg 'na, Jac," meddai'r athro, a dechreuodd gweddill y dosbarth biffian chwerthin.

Ddywedodd Jac ddim byd. Safodd ar ei draed, casglodd ei lyfrau a gadael y dosbarth.

Gwych! Roedd y cynllun yn gweithio hyd yn hyn.

Y cyfan oedd i'w wneud bellach oedd dod o hyd i le da i guddio. Yn gyflym.

Wrth iddo gerdded ar hyd y coridor, roedd Jac yn ceisio agor pob cwpwrdd. Dratia. Wedi cloi. Pan oedd o'n pasio ystafelloedd dosbarth, plygai ei ben rhag ofn i ryw athro busneslyd ei weld drwy'r ffenest.

Yna, drwy wydr budr un o'r ffenestri, gwelodd Jac y maes chwarae gwag. Yn y pen draw roedd rhywun cyfarwydd. Wini. Roedd hi'n sefyll yn y glaw, a'i sgwter bach coch wrth ei hochr. Roedd ganddi gôt law fawr, oren ac roedd hi'n chwifio fel pabell fawr yn y gwynt gaeafol. Am funud, teimlai Jac braidd yn euog am wneud iddi aros amdano yn yr oerfel. *Dim ond trio helpu mae hi, wedi'r cyfan,*

meddyliodd, ond yna newidiodd ei feddwl: *na, dim ond hen ddynes ryfedd, fusneslyd ydi hi.* Edrychodd yn fud arni'n syllu ar ei horiawr cyn edrych ar yr ysgol. Plygodd Jac ei ben. Oedd hi wedi'i weld o? Doedd o ddim yn siŵr.

Rhedodd Jac i fyny'r grisiau i chwilio am rywle i guddio. Roedd y dosbarthiadau i gyd yn llawn, roedd yr ystafell gelf wedi'i chloi, ac roedd mynd i ystafell y bwyler yn llawer rhy fentrus. Yna, o rywle yng nghrombil yr ysgol, clywodd sŵn. Sŵn na allai Jac fod wedi cynllunio ar ei gyfer. Sŵn *twt-twt-twt* y sgwter yn dod ar hyd y coridor ...

13

Byrfyfyrio

Carlamodd Jac heibio'r arwydd a ddywedai:

Roedd o'n mynd yn fyr o wynt ac yn dechrau panicio. Sut allai o redeg yn gynt na sgwter? Sgwter yn cario llwyth trwm, hyd yn oed? Roedd sŵn y sgwter yn dod yn gryfach ac yn gryfach, a Wini'n dod yn agosach ac yn agosach. Sleifiodd Jac ar flaenau'i draed tuag at y prif risiau, a chuddiodd y tu ôl i'r rheilen. O'r trydydd llawr roedd ganddo le da i weld i ble roedd hi'n mynd ...

Roedd y sgwter bach coch yn *twt-twt-twtio* ar hyd coridor y llawr gwaelod. Yn araf bach, roedd y sgwter a Wini'n dod yn nes, a gwaelodion ei sandalau'n crafu'r llawr. Roedd hi'n edrych drwy ffenest pob dosbarth i chwilio am y bachgen bach. Hyd yn oed o'r trydydd llawr, gallai

Jac weld bod Wini'n gandryll. Does neb yn hoffi gorfod aros yn y gwynt a'r glaw. Roedd ei hwyneb yn edrych fel petai hi'n bwyta danadl poethion.

Arhosodd Jac yn hollol lonydd am funud. Roedd arno ofn i Wini synhwyro unrhyw symudiad sydyn.

Ar ôl gorymdeithio ar hyd y coridor isaf, safodd y weithwraig gymdeithasol ar ei sgwter. Ar ôl cylchu gwaelod y grisiau ddwywaith neu dair, gwasgodd y sbardun yn galed i'r pen a sgrialodd i fyny'r grisiau. Llamodd Jac o'i guddfan, a gwelodd Wini'r bachgen bach yn rhedeg am ei fywyd.

"JAC!" bloeddiodd nerth esgyrn ei phen wrth i'r sgwter ddawnsio i fyny'r grisiau. "JAC! TYRD YN ÔL YMA AR UNWAITH!"

Roedd Jac yn rhedeg, ond doedd o ddim yn gwybod i ble. Gwibiodd ar hyd coridor arall nerth ei draed, gan fownsio oddi ar y waliau wrth droi pob cornel. Yna, yn sydyn, gwawriodd rhywbeth arno. Doedd y coridor ddim yn mynd i unlle.

Roedd grwndi'r sgwter yn dod yn nes bob eiliad. Y cwbl y gallai Jac ei weld oedd pen draw'r coridor a wal o loceri llwyd. Roedd Wini wedi cyrraedd y llawr uchaf ac yn sgrialu tuag ato.

Llamodd Jac i'r chwith. Dratia. Roedd drws y labordy wedi'i gloi. Llamodd i'r dde a cheisiodd agor y drws.

Rhoddodd ei holl bwysau yn erbyn y drws a syrthio'n bendramwnwgl i ganol yr ystafell Ddrama ...

"Gadewch eich hunain yn rhydd! Byrfyfyriwch!" meddai'r athro.

Mr Huws oedd yr athro Drama. Dyn moel â
sbectol drwchus, ac roedd o bob amser yn gwisgo
siwmper polo ddu, jîns du ac esgidiau du. Pan
oedd o'n sefyll wrth y llenni du yn y neuadd, roedd
o'n edrych fel wy wedi'i ferwi yn arnofio yn yr
awyr. Roedd Mr Huws yn caru Drama. Yn byw ac
yn breuddwydio mewn
Drama. Drama oedd
ei fywyd, ac roedd o'n
athro angerddol.

Yn y gwersi Drama,
roedd Jac yn gweld
esgus bod yn goeden
yn anhygoel o ddiflas.
Fel pawb arall. A dweud
y gwir, pan syrthiodd
Jac drwy'r drws, roedd
y plant yn loetran yng
nghanol yr ystafell yn

edrych fel petaen nhw'n breuddwydio am fod mewn lle arall – unrhyw le. Roedden nhw'n ceisio byrfyfyrio golygfa am ddiwedd y byd. Dyna oedd hoff olygfa Mr Huws ar gyfer gwersi byrfyfyrio – diwedd y byd.

"Mae asteroid enfawr ar fin taro'r byd. Byrfyfyriwch!" Dyna sut roedd Mr Huws yn dechrau'r rhan fwyaf o'r gwersi. Yna, byddai'r athro'n eistedd yn ei gadair a throelli ynddi'n sydyn ac yn ddramatig (wrth gwrs). O'i gadair, byddai'n edrych yn frwdfrydig ar y disgyblion yn llusgo o gwmpas yr ystafell yn mwmial rhywbeth am asteroid anferth, ond mewn gwirionedd yn meddwl mwy am beth roedden nhw am ei gael i ginio.

"Dwi   wedi   dweud   unwaith. BYRFYFYRIWCH!" bloeddiodd Mr Huws.

"Does gen i ddim gwers Ddrama heddiw, syr," meddai Jac.

"Dim ots gen i, fachgen," cyhoeddodd yr athro yn ei lais dwfn, esmwyth. "Rwyt ti'n rhan o'r olygfa. Felly, mae 'na asteroid anferth ar fin taro'r ddaear a lladd pob person, anifail a phlanhigyn. **BYRFYFYRIA!**"

"Yym," meddai Jac yn betrus. Fedrai o ddim meddwl am ddim byd i'w ddweud, ond roedd o'n gallu clywed y sgwter yn cecian wrth ddrws yr ystafell.

"BYRFYFYRIA!" bloeddiodd Mr Huws eto.

"Yym, yym, mmm, trueni garw am yr asteroid 'ma sydd ar fin taro'r ddaear ..." meddai Jac yn ddiffrwt, "ond peidiwch â phoeni, mae'r pizza newydd gyrraedd ..."

Yn sydyn, chwalodd y drws yn ddarnau wrth i'r sgwter ruthro drwyddo. Roedd Mr Huws wedi dychryn ychydig, ond gan fod y byrfyfyrio'n dod ymlaen mor dda, doedd dim amser i stopio.

"BYRFYFYRIWCH!"

"Be?" meddai Wini mewn penbleth, gan rythu'n flin ar Jac.

"Dywedwch wrthon ni pa flas ydi'r pizza!" ebychodd yr athro.

"Nid dod â pizza dwi'n ei wneud, ddyn gwirion. Gweithwraig gymdeithasol ydw i ..."

"Rŵan, blant, be mae'r ddynes newydd ei wneud ydi ... unrhyw un? Na? Wel, mae hi wedi newid cymeriad hanner ffordd drwy ei gwaith byrfyfyrio. Wrth gwrs, mae hynny'n beth gwael i'w wneud. Twt lol."

"Dwi yma i fynd â'r bachgen at y deintydd!" bloeddiodd Wini.

"Pwy sy'n gallu dweud wrtha i be ydi rheol gyntaf byrfyfyrio? Unrhyw un? Wel, dyma hi. Peidiwch byth â stopio byrfyfyrio. Dyna beth gwael arall i'w wneud. Dwi'n teimlo bod ychwanegu apwyntiad deintydd at y cymysgedd yn gwneud y cyfan yn ormod braidd. Ceisiwch eto!"

Oedodd Wini am funud. Syllodd yn gandryll ar Mr Huws.

"Wn i ddim pwy ydych chi, ond peidiwch â siarad drwy eich het, ddyn!" Trodd i syllu ar Jac. "Jac! Tyrd hefo fi y munud 'ma!"

Safai Jac yn hollol lonydd.

"Www, dwi'n hoffi hyn. Adeiladu tensiwn, ychydig o ddrama, theatr ar ei gorau ... tybed a fydd y bachgen yn mynd ar y sgwter ai peidio?" sibrydodd yr athro wrth y dosbarth.

Yn sydyn, gafaelodd Jac mewn cadair. Rhoddodd y gadair o flaen y sgwter a gwibio o'r dosbarth. Gwyrodd Wini i osgoi'r gadair ac aeth ar ôl Jac mor gyflym â phosib.

"Mae'r byrfyfyrio'n datblygu! Dewch yn eich blaenau, actorion! Mae'r byrfyfyrio'n symud ymlaen!"

Ar hynny, cododd Mr Huws ei ddwrn i'r awyr ac arweiniodd ei ddisgyblion o'r ystafell. Aeth pawb

ar ôl Wini, a Wini ar ôl Jac wrth iddo ruthro i lawr y coridor.

Aeth Jac rownd y gornel, a mynd yn syth ar ei ben i mewn i'r prifathro.

"Pwyll pia hi," meddai Mr Llwyd, gan geisio'i orau i swnio'n awdurdodol, ond yn methu. "Be mae'r arwydd yna'n ei ddweud?"

"Toiledau?" cynigiodd Jac.

"Y llall!"

"O. 'Dim rhedeg yn y coridor', syr."

"Diolch. Bron i ti fy mwrw i drosodd!"

"Sorri, syr."

"Mi fyddet ti wedi gallu tynnu llygad rhywun o'i lle."

Doedd Jac ddim mor siŵr – roedd athrawon yn dweud hyn byth a beunydd. Iddyn nhw, gallai unrhyw beth:

(pêl-droed,

bag wedi'i adael ar lawr,

neu waith cartref hwyr, hyd yn oed)

dynnu llygad rhywun o'i lle.

Ond nid dyma'r amser i ffraeo.

"Mae'n wir ddrwg gen i, syr," cytunodd Jac.

"Rŵan, ymaith â thi, fachgen," meddai'r prifathro. Lledodd gwên falch ar hyd ei wyneb. O'r diwedd, roedd o wedi gwneud rhywbeth awdurdodol fel prifathro ...

"Diolch, syr."

Cerddodd Jac i lawr y coridor mor gyflym â phosib heb ddechrau rhedeg. Sythodd Mr Llwyd ei dei llwyd, rhedodd ei fysedd drwy ei wallt llwyd, a cherddodd yn ei flaen yn teimlo'n eithriadol o falch ohono'i hun.

Ond yna, wrth iddo fynd rownd y gornel:

"AAAAAAAAAA AAAAAAAAAAAA AAAAAAAAAAA!"

Roedd Wini'n gwibio tuag at y prifathro ar ei sgwter.

"Allan o'r ffordd, ddyn gwirion!" sgrechiodd Wini.

Â dim ond chwarter eiliad i fynd, llamodd Mr Llwyd yn erbyn y wal.

"Stopiwch, madam!" taranodd y prifathro. "Dim reidio sgwter neu unrhyw gerbydau dwy olwyn ar hyd coridorau'r ysgol!"

Ond wnaeth Wini ddim edrych yn ôl. Prin y gwnaeth hi glywed bloedd y prifathro dros dwrw'r sgwter. Safai'r prifathro'n llonydd wrth iddo wylio Wini'n diflannu i'r pellter ar hyd y coridor, gan ysgwyd ei ben a thwt-twtio'n ddoeth wrtho'i hun.

Yn sydyn, cafodd ei fwrw i'r llawr gan Mr Huws a

thri deg o ddisgyblion Drama'n rhedeg ar ei ôl.

Wrth i Mr Huws fynd heibio, dywedodd:

"Byrfyfyrio gwych, Mr Llwyd! Rhagorol!"

14

Peli haearn

Rhuthrodd Jac rownd y gornel nesaf a baglu dros fag ysgol. Â'i ddwy lygad yn dal yn eu lle, syrthiodd drwy ddrws agored a glanio'n un swp blêr yn y labordy Gwyddoniaeth. Roedd yr hen athrawes druan, Miss Prys, yng nghanol arbrawf gofalus gyda magnedau a pheli haearn. Gollyngodd y bocs cyfan o beli haearn ar lawr wrth i Jac daranu drwy'r drws. O fewn hanner eiliad roedd cannoedd ar gannoedd o beli haearn bychain yn bownsio ar hyd y llawr i gyd. Wrth i Jac godi ar ei draed, rholiodd degau ohonyn nhw o dan ei esgidiau, ac o fewn dim roedd o'n edrych fel dyn meddw yn ceisio dawnsio ar jeli.

"Fachgen, tyrd yma!" gwaeddodd Miss Prys a rhuthrodd tuag ato, ond aeth y peli haearn o dan ei hesgidiau hithau hefyd a dechreuodd lithro ar hyd y llawr fel estrys wedi sefyll ar groen banana. Plymiodd drwy'r awyr a'i choesau a'i breichiau yn un cwlwm mawr.

Yng nghanol popeth, roedd Miss Prys wedi dangos ei nicars i bawb yn y dosbarth. Doedd y disgyblion ddim wedi edrych ymlaen ryw lawer at yr arbrawf, ond roedd pethau'n llawer iawn mwy difyr bellach. Dechreuodd pawb chwerthin yn afreolus.

Yn sydyn, trodd y chwerthin yn ochenaid o ofn wrth i ddynes fawr, dew chwalu'r drws ar ei sgwter coch.

"Tyrd ar y sgwter ar unwaith, fachgen!" bloeddiodd Wini.

Y munud hwnnw, ymunodd Mr Huws a'r tri deg disgybl yn yr helynt. Ymgasglodd pawb wrth y drws i weld y 'byrfyfyrio' yn datblygu.

"Na!" gwaeddodd Jac. **"Byth!"**

"Mmm, pwy sy'n cofio beth ddywedais i y tymor diwetha?" gofynnodd yr athro Drama. "Rheol bwysig ar gyfer byrfyfyrio. Unrhyw un ...? Na? Wel, wrth fyrfyfyrio mae'n hollbwysig dweud 'IE', nid 'NA'!"

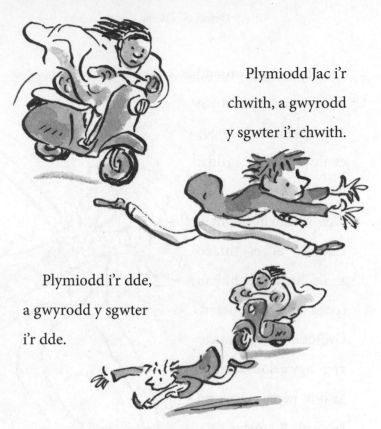

Plymiodd Jac i'r
chwith, a gwyrodd
y sgwter i'r chwith.

Plymiodd i'r dde,
a gwyrodd y sgwter
i'r dde.

Yna, disgynnodd ar ei bengliniau a chropian o
dan y rhesi o ddesgiau a stolion.

Erbyn hyn, roedd
Miss Prys wedi cochi at
ei chlustiau ar ôl dangos
ei nicars i bawb. Fyddai
neb byth yn gadael
iddi hi anghofio hyn.
Cododd ar ei thraed
a dechreuodd hithau
redeg ar ôl Jac hefyd.
Cydiodd yr athrawes
yng ngwaelod ei grys
â'i holl nerth. Plyciodd
Jac ei gorff ymlaen.

Yna, dechreuodd Miss Prys simsanu eto a baglodd wysg ei chefn, gan ddangos ei nicars i bawb am yr ail dro mewn ychydig funudau. Sgidiodd Wini yn ôl tuag at y drws er mwyn rhwystro Jac rhag mynd allan.

"Stopia, fachgen!"

"Na!"

"Fedri di ddim dianc am byth."

"A fedrwch chi ddim ..."

Ceisiodd Jac feddwl am y gair cywir.

"... sgwtera am byth!"

Nid dyna'r gair cywir chwaith ...

Ond doedd 'na ddim ffordd allan i Jac. Roedd Mr Huws a'i ddisgyblion eiddgar yn rhwystro'r drws. A doedd neidio allan o'r ffenest ddim yn opsiwn gan fod yr ystafell ar y llawr uchaf. Roedd Jac wedi'i gornelu.

15

Sglefrfyrddio ar y grisiau

Ond doedd Jac ddim yn mynd i ildio mor hawdd â hynny. Neidiodd i ben desg yr athrawes ym mlaen y dosbarth, a glaniodd wrth ymyl tre yn llawn o fagnedau. Wrth ei ymyl roedd bocs arall yn llawn o beli haearn. Y munud hwnnw, daeth cynllun gwych arall i'w feddwl.

Yn gyntaf, fe daflodd y bocs ar lawr, gan wasgaru'r holl beli haearn.

Yna, cydiodd yn y tre a'i osod yn erbyn ei frest.

Yn olaf, fe blymiodd Jac ar y peli haearn, a sglefrio ar hyd llawr y dosbarth.

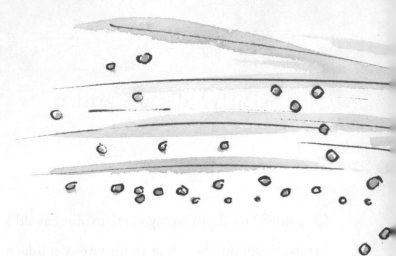

Roedd o fel tîm sglefrfyrddio un dyn. Sgrialodd Jac o dan goesau Mr Huws ac yn syth allan o'r dosbarth.

Edrychodd yn ôl a gwelodd Mr Huws a'r disgyblion yn baglu'n un pentwr wrth i'r peli haearn fynd o dan eu traed. Wrth i Mr Huws syrthio wysg ei gefn, fe waeddodd: "Byrfyfyrio gwych!"

Daliodd y tre i lithro ar hyd y llawr nes i Jac gyrraedd y prif risiau. O na! meddyliodd Jac, gan gau ei lygaid.

CLYNC

CLYNC

CLYNC

Sgrialodd y tre i lawr y grisiau, a phob gris yn
ysgwyd esgyrn Jac.

TWT-TWT-TWT.

Roedd Wini ar ei ôl eto ar ei sgwter a Miss Prys, Mr Huws a'r holl ddisgyblion yn dynn ar ei sodlau. Yn sydyn, gwelodd Jac rywun ar waelod y grisiau. Roedd hi'n rhy hwyr i wneud dim am y peth. Y prifathro, Mr Llwyd, oedd yno, yn ceisio mynd yn ôl i glydwch ei swyddfa.

Fesul

CLYNC

CLYNC

CLYNC

roedd y tre yn magu momentwm yn beryglus o gyflym. Sylweddolodd Jac ei fod yn mynd yn syth am y prifathro. Gwyddai nad oedd posib ei osgoi.

THWAC!

Aeth y tre ar ei ben yn syth i bigyrnau Mr Llwyd.

Cafodd y prifathro ei daflu bendramwnwgl i'r awyr. Syrthiodd Jac oddi ar y tre a glanio'n glewt ar waelod y grisiau.

"Sorri, syr, dwi'n gwybod y dylwn i aros i gael fy nghosbi," meddai Jac wrth godi ar ei draed, "ond does gen i ddim amser."

Ar y gair, rhuthrodd Jac drwy'r drws allan i'r maes chwarae. Cododd y prifathro i redeg ar ei ôl, ond yna ...

CLEC!

cafodd y dyn druan ei daflu i'r awyr am yr ail dro gan ddynes fawr, dew ar gefn sgwter. Glaniodd eto gyda ...

THYMP!

… ar ei ben-ôl esgyrnog. Eisteddai Mr Llwyd mewn penbleth, yn ceisio meddwl beth oedd newydd ddigwydd. Ond cyn iddo allu meddwl yn rhy hir …

BANG!

Rhuthrodd athro a thri deg o ddisgyblion dramatig drosto.

Sathrodd pawb ar wyneb Mr Llwyd wrth redeg heibio. Yn ogystal â'r athro a'r disgyblion Drama, roedd yr holl ddisgyblion eraill wedi gadael eu gwersi i weld beth oedd y twrw. Roedd 'na fachgen wedi dianc! Roedd yn rhaid ei stopio! Carlamodd pawb ar ôl Jac i'r maes chwarae.

Yna, ymunodd staff y gegin yn y ras. Rhedodd pob un allan o'r gegin nerth eu coesau byr, tew, gan chwifio pob math o offer cegin ar Jac. Stopiodd y gofalwr gribinio'r dail ar yr iard a dechreuodd redeg ar ôl y bachgen drwg, gan godi'i gribin yn uchel i'r awyr.

"Defnydd diddorol o brop!" meddai Mr Huws.

Roedd hyd yn oed yr ysgrifenyddes hynafol, Miss Mynawyd, wedi penderfynu ymuno yn y sgarmes. Prin y gallai gerdded, ond doedd hynny ddim am ei stopio hi.

Yn arwain y fyddin roedd Wini ar ei sgwter. "STOPIWCH O!" bloeddiodd, ond roedd Jac yn dal i redeg.

Roedd Jac yn rhedeg, yn rhedeg ac yn rhedeg. Doedd o ddim yn hoff iawn o chwaraeon, a doedd o erioed wedi rhedeg mor gyflym yn ei fywyd. Edrychodd yn ôl. Roedd 'na gannoedd o bobl ar ei ôl o.

Un bachgen yn erbyn byddin gyfan, ond doedd o ddim am roi'r gorau iddi.

O'i flaen, gwelodd giatiau haearn anferth yr ysgol.

Wnân nhw ddim fy nilyn i i'r dref, meddyliodd Jac.

Ond roedd o'n anghywir.

16

Sgrech seiren

"STOPIWCH O!" taranodd Wini eto wrth i Jac wibio heibio mamau a'u babanod ar y stryd. Trodd y mamau eu pramiau, ac yn sydyn roedd y rheiny'n rhan o'r ras. Ymunodd dynes lolipop, dyn digartref a chriw o ddynion ffordd yn eu tro.

Yn sydyn, gwelodd Wini blismon yn gorymdeithio'n ddiog i fyny ac i lawr y ffordd ac yn llwyddo i fethu sylwi ar unrhyw beth.

"STOPIWCH O, PC PLONC!"

Sylweddolodd y plismon mai hon oedd ei awr fawr. Roedd ei holl flynyddoedd yng ngholeg yr heddlu wedi bod yn ei baratoi at y foment hon. Roedd o'n mynd i gael medal am ei ddewrder aruthrol. Dyma'r dydd. Hon oedd yr awr. Awr PC Plonc.

Felly, dechreuodd jogio'n ysgafn ar ôl Jac.

"Wel wel, ti eto? Tyrd yn ôl y munud 'ma!" gwaeddodd yn llipa. Ar ôl ychydig eiliadau o jogio roedd PC Plonc allan o wynt yn lân. Roedd cerdded yn gyflym yn ormod o drafferth iddo, hyd yn oed. Yn fuan, doedd ganddo ddim gwynt i gerdded chwaith. Pwysodd yn erbyn y wal i gael ei wynt ato, a siaradodd i mewn i'w radio.

"Plonc yma. Dwi angen help. Yn sydyn. Help. Yn sydyn. Dwi allan o wynt yn lân. Yn lân. A dewch â phaced o greision hefo chi. Creision. Halen a finegr. Yn sydyn. Drosodd."

Daliodd Jac i redeg. Doedd o ddim yn gwybod i ble. Dim ond rhedeg. Rhedodd rownd y gornel, a gwelodd res drist o siopau o'i flaen. Roedd y rhan fwyaf ohonyn nhw wedi cau ers blynyddoedd.

Sgrechiodd y seirenau.

Roedd yr heddlu wedi cyrraedd. Cyn pen dim roedd dau gar heddlu wedi gwyro i ganol y ffordd ac wedi sgrialu i stop, gan rwystro'r ffordd. Llamodd y plismyn allan o'u ceir a chuddio y tu ôl i'r drysau. Clywodd Jac lais drwy'r megaffon:

"Rho'r gorau iddi, fachgen. Fedri di ddim dianc."

"Ble mae'r creision halen a finegr? Drosodd," meddai PC Plonc dros y radio.

"Dim ond rhai caws a nionyn oedd ar ôl. Drosodd."

"Dwi ddim yn hoffi caws a nionyn," meddai PC Plonc. "Ddim yn hoffi caws a nionyn. Drosodd."

Edrychodd Jac dros ei ysgwydd. Allai o ddim mynd yn ôl. Allai o ddim mynd ymlaen. Roedd yr heddlu'n iawn – doedd ganddo nunlle i ddianc. Gwenodd Wini'n fodlon.

"Rwyt ti, fachgen, yn mynd at y deintydd!"

Roedd hi wedi ennill.

Yn sydyn, clywodd Jac sŵn gwichian. Edrychodd yn frysiog ar y rhes o siopau. Roedd 'na un drws yn agor yn araf, ac ymddangosodd llaw fain, hir yn dweud wrth Jac am ddod i mewn. Hwn oedd ei unig gyfle. Heb oedi dim, rhuthrodd tuag at y drws a'i gau'n glep ar ei ôl. Gallai glywed y fyddin fawr o bobl yn gwibio ar ei ôl, cyn i Wini ddweud: "Na! Mae'n iawn! Gadewch lonydd iddo fo rŵan!"

Roedd 'na rywbeth rhyfedd ofnadwy am hyn. Pam na wnaethon nhw ddod ar ei ôl o drwy'r drws? Roedd y cyfan yn llawer rhy hawdd.

Ymddangosodd y llaw fain yn sydyn ... a diflannu yr un mor sydyn. Doedd ei pherchennog ddim i'w

weld yn unman. Yn syth o flaen Jac roedd grisiau
cul, tywyll. Camodd yn betrus tuag atyn nhw. Ar
dop y grisiau, agorodd drws arall, a gwelodd y llaw
unwaith eto, yn annog Jac i fyny'r grisiau.

Gallai Jac weld y llaw'n eglurach bellach. Roedd y bysedd yn eithriadol o hir, bron yn rhy hir i fod yn rhai dynol. Dechreuodd Jac grynu mewn braw, ond am ryw reswm, doedd o ddim yn gallu ei atal ei hun rhag dringo'r grisiau. Fesul gris, dringodd yn nes at y drws. Roedd ei galon yn curo fel drwm, a'i geg yn sych fel cesail arth. Yn araf, aeth i mewn i'r ystafell.

Disgleiriodd cylch o olau gwyn llachar ar Jac. Yn boethach ac yn fwy llachar na'r haul. Drwy gil ei lygaid, gallai Jac weld ffigwr yn erbyn y golau. Ffigwr dynes.

"Helô, Jac," meddai'r llais cyfarwydd. "Dwi wedi bod yn disgwyl amdanat ti ..."

17

Tyrd at Mami

Heb i Jac gyffwrdd y drws, caeodd yn glep y tu ôl iddo. Clywodd Jac sŵn allwedd yn troi. Roedd o wedi'i gloi i mewn.

"Gwych iawn! Dau o'r gloch ar ei ben! Rwyt ti yma mewn pryd ar gyfer dy apwyntiad. Tyrd i mewn!"

Roedd llais Miss Fflos yn hudol. Er bod Jac yn gwybod y dylai ddianc nerth ei draed, doedd o ddim yn gallu ei stopio'i hun rhag mynd yn nes ati hi.

"Tyrd at Mami ..." sibrydodd.

Wrth i Jac fynd yn nes, gallai weld y lamp anferth oedd wedi'i ddallu. Gan fod Jac bellach yn sefyll yng nghysgod Miss Fflos, roedd o'n gallu

ei gweld hi'n gliriach. Edrychodd arni hi. Y peth
cyntaf iddo'i weld oedd ei dannedd enfawr, gwyn,
disglair. Yna, fe sylwodd ar ei llygaid. Y llygaid
dwfn, duon. Roedd fel edrych ar angau ei hun.

Gallai Jac deimlo ei gorff yn llithro tuag at gadair
y deintydd. Roedd hi'n edrych yn hen fel pechod.

"Paid di â phoeni, Jac bach. Mae Mami yma i ofalu amdanat ..."

Ar ôl i Jac eistedd yn y gadair, teimlodd y gadair yn plygu'n ôl. Edrychodd Jac ar un ochr. Dyna'r troli eto, y tro hwn yn llawn dop o offer deintyddol. Roedd llawer ohonyn nhw wedi rhydu, heblaw am yr hen handlenni pren oedd wedi duo. Roedd ambell declyn â staen gwaed arno. Bydden nhw'n edrych yn well mewn amgueddfa nag mewn syrjeri fodern.

Roedd gan ambell un bigau byr, ambell un â phigau hir. Roedd 'na forthwyl. Cŷn. Gefail. Llif. Ac ar y pen, yn hawlio'i le teilwng, dril anferth a bygythiol.

Doedden nhw ddim yn edrych fel petaen nhw wedi cael eu cynllunio i atal poen. Roedden nhw'n edrych fel petaen nhw wedi'u cynllunio i greu poen. Llawer iawn, iawn o boen.

Gwibiodd llygaid Jac ar hyd a lled yr ystafell. Roedd y syrjeri'n eithaf gwag. Gallai weld tystysgrif deintydd ar y wal, ond roedd y papur yn felyn ac yn edrych yn ganrifoedd oed.

Roedd rhes o gypyrddau ar hyd y waliau, a'r rhan fwyaf ohonyn nhw'n dal tiwbiau o bast dannedd gwenwynig Miss Fflos. Yng nghornel yr ystafell

roedd silindr metel llwyd, hir, disglair, a hwnnw'n cynnwys nwy arbennig i leddfu poen. Roedd mesurydd rhyfedd iawn ar y silindr. Roedd yn dweud:

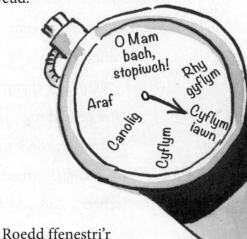

Roedd ffenestri'r syrjeri i gyd wedi'u paentio'n ddu, felly doedd neb yn gallu gweld i mewn nac allan.

"Hhhhhhhhhhhh hiiiiiiiiissssssssssssss…!"

Neidiodd Jac mewn braw, yna sylwodd fod cath wen, sidanaidd wedi sleifio i mewn i'r ystafell. Roedd hi'n hisian ar Jac a'i chefn wedi'i grymu a'i chynffon yn yr awyr.

"O, paid â chymryd sylw o Sgithrog. Trio bod yn gyfeillgar mae hi. Rŵan, ymlacia, fachgen. Gad i Mami gael golwg arnat ti ..." meddai'r deintydd yn dyner. Gwthiodd Miss Fflos y botwm ar ochr y gadair, ac yn sydyn iawn roedd cyffion haearn wedi cau am ddwylo ac am draed Jac i'w ddal yn ei le.

"Paid â bod ofn. Er dy ddiogelwch di mae'r rhain. Felly paid â gwneud symudiadau rhy sydyn!"

Dan wenu, estynnodd Miss Fflos fenig rwber. Cymerodd bwyll wrth wneud – roedd hi'n amlwg yn mwynhau gosod y menig dros ei bysedd main. Yna, estynnodd ei nodiadau o'i ffolder, a rheiny'n waed i gyd.

"Rŵan, Jac, dwi'n gweld nad wyt ti wedi bod at y deintydd ers chwe blynedd. Twt lol ..."

Rhoddodd Miss Fflos y ffolder i lawr a throi'r lamp at wyneb Jac. Roedd hi'n chwilboeth.

"Agor dy geg yn llydan, dyna fachgen da."

Roedd llygaid y deintydd yn syllu'n ddwfn i lygaid Jac. Er ei fod o eisiau gweiddi nerth esgyrn ei ben, allai o ddim. Waeth iddo heb â thrio. Roedd ei llygaid wedi'i hudo, fel petai o dan ryw fath o swyn.

A'i geg yn grimp gan ofn, gwichiodd menig rwber y deintydd wrth iddi redeg ei bysedd dros ei ddannedd blaen. Gallai Jac deimlo anadl oer y deintydd ar ei wyneb wrth iddi ddod yn nes a syllu i mewn i'w geg.

"Pydredd, pydredd a mwy o bydredd. Hyfryd. Hollol hyfryd."

Clywodd Jac y teclynnau'n **CLINCIAN** yn erbyn ei gilydd wrth i Miss Fflos ddewis un ohonyn nhw.

  "Mae Mami am edrych am unrhyw dyllau yn dy ddannedd di," meddai'r deintydd.

Gafaelodd Miss Fflos mewn teclyn dieflig iawn yr olwg. Roedd yn debycach i bicell nag i declyn deintyddol, gyda nifer fawr o bigau mileinig yr olwg ar ei hyd. Edrychai fel petai wedi cael ei ddyfeisio i greu poen ofnadwy wrth fynd i mewn i'r geg, a mwy fyth o boen wrth ddod allan.

"Paid â phoeni, Jac, wnei di ddim teimlo dim byd, " meddai Miss Fflos.

Rhoddodd Miss Fflos y teclyn yng ngheg Jac, a'i blannu yn un o'i ddannedd.

"Mmm, llawer iawn o bydredd hyfryd yn hwn ..."

Yn araf, tynnodd y teclyn o'i geg, gan ei droi'n sydyn wrth wneud. Yn ei ben, sgrechiodd Jac mewn poen, ond ddaeth dim smic o sŵn o'i geg.

CLINC CLANC. Roedd y teclyn yn ôl ar y troli.

CLINC CLANC. Roedd hi wedi dewis teclyn arall.

Roedd hi wedi cydio mewn gefail â dannedd miniog, anwastad i arteithio Jac.

"Bydda'n llonydd, Jac ..." sibrydodd Miss Fflos wrth iddi osod yr efail yn araf yn ei geg. Cydiodd yr efail yn un o'i ddannedd. "Wnaiff Mami ddim dy frifo di."

Tynnodd yn galed ar y dant. Teimlodd Jac rywbeth yn dod yn rhydd yn ei geg. Yna, drwy ei ddagrau, gallai weld y deintydd yn dal dant gwaedlyd o flaen ei lygaid ...

"Edrycha arno fo!" gorchmynnodd y deintydd. "I ti, dim ond dant. I mi, mae'n ddiemwnt. Mae'r darnau amherffaith yn ei wneud yn berffaith. Mae'n brydferth."

Galwodd ar ei chath. "Sgithrog?"

Llamodd y gath oddi ar y llawr a glanio ar fol Jac, a'i chrafangau'n crafu'n ddwfn i'w groen. Dechreuodd lyfu'r gwaed oddi ar y dant ac oddi ar ddwylo ei meistres.

"Rŵan, Jac, ymlacia," meddai Miss Fflos yn ei llais llawen. "Dim ond megis dechrau mae Mami!"

18

Duach na'r du duaf

Rhaid bod Jac wedi llewygu.

Roedd ei lygaid wedi cau.

Ai breuddwyd oedd hi?

Agorodd ei lygaid.

Dim ond patrymau oedd i'w gweld. Lliwiau a siapiau. Ar ôl ychydig eiliadau, deallodd Jac ei fod yn edrych ar y nenfwd. Deallodd hefyd beth oedd y patrymau. Gwaed. Roedd ambell ddarn yn edrych yn ffres, yn dal yn wlyb ac yn sgleiniog. Roedd ambell ddarn arall yn edrych yn sych ac yn frown, fel petaen nhw wedi bod yno ers blynyddoedd.

Nid breuddwyd mohoni.

Sylweddolodd Jac ei fod yn dal i eistedd yng nghadair anesmwyth y deintydd. Rhaid ei fod wedi bod yno am amser hir, gan fod ei gefn yn boeth ac yn laddar o chwys. Rywle y tu ôl iddo, gallai Jac glywed llais y deintydd. Roedd hi'n cyfri:

"... deunaw, pedwar ar bymtheg, ugain ..."

Cyfri beth, tybed? Gyda phob rhif gallai Jac glywed rhywbeth bach a chaled yn cael ei ollwng i mewn i bowlen fetel.

"Un ar hugain!"

Roedd hi'n swnio'n llawen dros ben ar y rhif olaf. Clywodd Jac rywbeth yn taro powlen fetel unwaith eto.

Un ar hugain o beth? meddyliodd Jac.

Rywsut, rocdd o'n tcimlo bod rhywbeth yn wahanol, ond doedd o ddim yn gwybod beth. Dechreuodd drwy siglo bysedd ei draed. Roedden nhw'n iawn. Aeth drwy holl rannau ei gorff fesul un:

Pigyrnau ✓

Pengliniau ✓

Dwylo ✓

Ysgwyddau ✓

Gwddw ✓

Yna, symudodd ei dafod o amgylch ei geg. Roedd hi'n teimlo'n llawer mwy, rywsut. Yn llyfn hefyd. Cyrhaeddodd gorneli pellaf ei geg â'i dafod. Roedd o'n gallu teimlo tyllau. Tyllau mawr, crwn, fel ogofâu.

Sylweddolodd Jac beth oedd yn wahanol.

Doedd ganddo ddim dannedd.

Roedd y cyffion haearn oedd wedi bod yn ei glymu i'r gadair wedi'u datod. Neidiodd Jac ar ei

draed, gan daro'i ben yn erbyn y lamp fawr, boeth
oedd yn hofran dros ei geg.

Ar y troli, gwelodd hen ddrych budr wedi cracio.
Cydiodd ynddo'n sydyn ac edrychodd arno. Roedd
Jac yn siŵr fod y deintydd y tu ôl iddo'n rhywle,
ond doedd dim golwg ohoni hi. Agorodd ei geg yn
araf, ond doedd dim byd ond tywyllwch tu mewn.
Roedd ei geg yn noeth ac wedi chwyddo. Dim un
dant.

Wrth i Jac edrych ar y drych, dechreuodd wneud stumiau. Gallai wneud pob math o stumiau doniol â'i geg newydd:

Pysgodyn.

Hen ddynes wedi llyncu pry.

Dyn yn sugno'i drwyn ei hun.

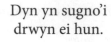

Pyped.

Cneuen.

Llyfant sydd eisiau sws.

"Wedi deffro rŵan, wyt ti ...?" meddai Miss Fflos yn llon. Trodd i edrych ar Jac o gornel yr ystafell, a'i dannedd yn disgleirio.

"BLE MAE FY NANNEDD I WEDI MYND?" bloeddiodd Jac. Wel, dyna beth wnaeth o drio'i ddweud, beth bynnag. Heb ei ddannedd, roedd o'n swnio fel petai ganddo daten boeth yn ei geg.

"Pardwn?"

Ceisiodd Jac eto.

"BLE MAE FY NANNEDD I WEDI MYND?"

"Mae'n ddrwg iawn gen i, wnes i ddim deall gair ..."

"BLE MAE FY NANNEDD I WEDI MYND??!!"

"Na, dal ddim callach, sorri," meddai Miss Fflos. "Wyt ti isio darn o bapur i sgwennu dy neges i Mami?"

Estynnodd y deintydd bentwr o gardiau apwyntiad a beiro. Sgriblodd Jac yn frysiog ar un ohonyn nhw.

DANNEDD?!

Roedd y llawysgrifen yn fawr, yn bigog ac yn flin.

Edrychodd Miss Fflos ar y papur am ychydig.

"Hmm, mae angen mwy nag un gair i wneud brawddeg synhwyrol. Rwyt ti angen berf i gwblhau'r frawddeg."

Roedd Jac yn gandryll bellach. Roedd o'n gwybod bod Miss Fflos yn deall ei neges yn iawn, ond ei bod hi wrth ei bodd yn ei bryfocio.

"BLEEEEEEEEE MMAAAAEEE FYYYY NAAANNEEEDD?!?!?!"

"Does dim angen gweiddi ar Mami ..."

Edrychodd Jac i fyw llygaid Miss Fflos. Syllodd hi arno'n ôl. Roedd canhwyllau eu llygaid yn pefrio'n ddu. Yn dduach na glo. Duach nag olew. Duach na'r nos. Duach na'r du duaf.

Yn syml iawn, roedden nhw'n ddu.

"Felly, be ydw i wedi'i wneud â dy ddannedd di?"

Nodiodd Jac yn araf ac yn bendant. Eisteddai Sgithrog ar droli Miss Fflos, a dechreuodd hithau hisian, fel petai hi'n chwerthin ar ei ben.

"Hissss … hissss … hissss …"

"Paid â phoeni, fachgen. Mae Mami wedi cadw dy ddannedd mewn lle saff. Maen nhw i gyd gen i yn fa'ma."

Yn araf, cododd Miss Fflos y bowlen fetel fechan at glust Jac a'i hysgwyd yn ysgafn. Roedd y sŵn clincian yn gwneud i'w hwyneb oleuo gan lawenydd.

Edrychodd Jac ar y bowlen. Ei ddannedd. Pob un wan jac. Pob un ar ben ei gilydd. A dweud y gwir, doedden nhw ddim yn edrych yn iach iawn. Roedd yr holl flynyddoedd o osgoi mynd at y deintydd wedi gadael eu hôl arnyn nhw. Gwelodd staeniau brown yr holl ddiodydd meddal a'r losin. Ond er gwaethaf hynny, oedd angen i'r deintydd dynnu POB UN?

Yn sydyn, deallodd Jac beth roedd Miss Fflos wedi bod yn ei gyfri. Ei ddannedd.

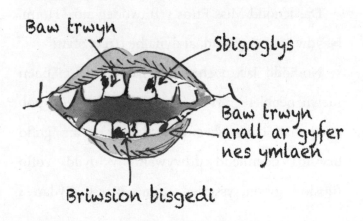

(Fe ddylai fod gan bob bachgen deuddeg oed 24 o ddannedd, ond roedd gan Jac lai na hynny. Roedd Mr Cadwgan, y deintydd a fu farw'n rhyfeddol o sydyn, wedi tynnu un ohonyn nhw flynyddoedd yn ôl. Ac ar ôl hynny, roedd un neu ddau arall wedi syrthio allan.)

Dannedd bachgen deuddeg oed

Baw trwyn

Sbigoglys

Baw trwyn arall ar gyfer nes ymlaen

Briwsion bisgedi

"BE YDYCH CHI AM EI WNEUD HEFO NHW?"

"Na, dim gair. Sgwenna fo i lawr."

Estynnodd Miss Fflos y papur eto, a sgriblodd Jac yn fwy brysiog byth.

BE TI AM WNEUD?

Astudiodd y deintydd y papur drachefn. "'Chi', nid 'ti', os gweli di'n dda."

Ysgyrnygodd Jac arni.

Darllenodd Miss Fflos y frawddeg eto. "Hmm, be ydw i am ei wneud, ai dyna be ti'n ei ofyn?"

Nodiodd Jac, a chrafodd Miss Fflos ei phen mewn penbleth. "Wel, fel arfer, ar ddiwedd pob apwyntiad dwi'n dweud wrth y claf am gofio brwsio'i ddannedd ddwywaith y dydd, cofio fflosio'n gyson, ystyried prynu brwsh trydan a dod yn ôl mewn chwe mis, bla bla bla. Ond does dim rhaid i ti wneud hynny, Jac. Does gen ti ddim dannedd i ofalu amdanyn nhw bellach, a fyddan nhw byth yn tyfu'n ôl."

Ar hynny, arweiniodd y deintydd y bachgen cegrwth allan o'r ystafell, cyn dweud yn siriol: "Hwyl fawr!"

19

Papur rhewllyd

Roedd Jac ar goll. Roedd o'n gwybod lle roedd o, ond wyddai o ddim lle i fynd.

Adre? Na. Doedd o ddim eisiau i Dad ei weld o fel hyn. Byddai hynny'n torri'i galon o.

Yr ysgol? Na. Roedd hwnnw'n lle creulon ar y gorau. Yn enwedig i fachgen heb ddim dannedd.

Deallodd Jac mai dim ond i un lle y gallai fynd.

DING!

Canodd cloch drws siop Huw yn swnllyd wrth i Jac gerdded i mewn. Roedd y gloch yn ddefnyddiol i Huw wybod bod cwsmer ar ei ffordd i mewn neu ar ei ffordd allan. Hefyd, roedd hi'n ei ddeffro. Fel losin mintys, roedd Huw yn edrych yn fawr ac yn galed ar y tu allan, ond roedd o'n feddal ac yn felys y tu mewn. Yr unig beth gwell ganddo na gwerthu losin oedd eu bwyta nhw. Yn aml iawn, ar ôl llowcio llond ei fol o losin yn y prynhawn, byddai'n syrthio i gysgu ar y cownter.

Wrth i Jac gyrraedd y cownter y pnawn hwnnw, doedd dim byd yn wahanol. Roedd Huw yn chwyrnu'n swnllyd â losin mintys yn ei geg. Prociodd Jac fraich Huw, a neidiodd mewn braw, gan boeri ei losin o'i geg ar un o'r papurau newydd.

"A, Jac! Fy hoff gwsmer!"

Roedd ei lais mor lliwgar a llachar â'r losin roedd o'n eu gwerthu.

Roedd Jac wrth ei fodd â Huw. Gwyddai Huw pa mor dlawd oedd Jac a'i dad, a gan ei fod yn ddyn hael a charedig fe fyddai bob tro'n rhoi losin am ddim i Jac. Hufen iâ wedi toddi, siocled wedi llwydo, neu fag o daffis roedd Huw wedi eistedd arnyn nhw ar ddamwain y bore hwnnw. Doedd Huw ddim yn ddyn cyfoethog, felly allai o ddim fforddio rhoi mwy am ddim, ond i Jac a Dad roedd y losin fel manna o'r nefoedd, ac yn golygu nad oedden nhw'n gorfod mynd i'r gwely'n llwglyd.

Ond er mor llawen oedd Huw, allai Jac ddim gwneud i'w hun wenu.

"Rwyt ti'n dawel iawn heddiw, Jac," mwmialodd Huw. Edrychodd yn ofalus ar ei hoff gwsmer. Mewn gwirionedd, roedd gan Huw lawer o hoff gwsmeriaid, ond roedd galw pob un yn 'hoff gwsmer' yn siŵr o wneud iddyn nhw deimlo'n arbennig. "Ydi popeth yn iawn?"

Camodd Huw o ochr draw'r cownter i gael golwg iawn ar Jac.

"Ti wedi torri dy wallt! O, naddo ... dim dyna ydi o chwaith ..." Crafodd ei ben.

"Ti wedi cael tyllau yn dy glustiau! O, naddo chwaith ..."

Plygodd Huw ei ben nes ei fod wyneb yn wyneb â Jac. Agorodd Jac ei geg.

Syllodd Huw i mewn i geg Jac. "A, dyna ni, dwi'n gwybod rŵan!"

Nodiodd Jac ei ben. Roedd yn amlwg fod Huw wedi deall.

"... Mae gen ti donsilitis!"

Rholiodd Jac ei lygaid mewn anobaith.

"O, nac oes, chwaith. Does gen ti ddim tonsilitis."

Ysgydwodd Jac ei ben.

"Does gen ti ddim dannedd!" Ailadroddodd Huw y frawddeg gannoedd o weithiau, fel petai o trio credu yr hyn roedd o newydd ei weld.

"DOES GEN TI DDIM DANNEDD?!"

Roedd Huw wedi cael cymaint o fraw roedd yn rhaid iddo eistedd i lawr, a gosododd ei ben-ôl ar

focs mawr o greision. Yn anffodus, roedd o'n rhy
drwm i'r bocs allu ei gynnal, ac o fewn chwarter
eiliad roedd o'n gorwedd yn fflat ar y llawr a'r
creision wedi'u gwasgaru fel conffeti dros y siop i
gyd.

"O diar," meddai Huw, gan geisio codi ei ben-ôl mawr oddi ar y llawr. "Atgoffa fi i gynnig y creision 'na am hanner pris," ychwanegodd wrth godi'n drwsgl ar ei draed. "Ond pam, Jac, pam? Pam nad oes gen ti ddim dannedd?"

Roedd Jac wedi rhoi'r gorau i geisio siarad, felly gwnaeth stumiau er mwyn ceisio gofyn i Huw am feiro a darn o bapur.

Ymbalfalodd Huw ar hyd y siop am ddarn o bapur. Roedd ei siop yn enwog fel yr un fwyaf blêr yn y dref. Doedd neb byth yn gallu dod o hyd i ddim byd, dim hyd yn oed Huw.

"Dwi'n meddwl bod 'na ddarn o bapur yn y rhewgell, o dan yr hufen iâ siocled ..."

Agorodd y drws gwydr ac estynnodd y papur.

Doedd gan Jac ddim llais nac amynedd i holi pam roedd y papur yn y rhewgell.

Yna, sgrialodd Huw i ochr arall y siop. "Beiro!" ebychodd. "Dwi'n

meddwl 'mod i wedi rhoi un yn y losin sherbet rywbryd. Mi wnes i fwyta'r licris, felly mi wnes i roi beiro ddu yn y sherbet. Doedd hi ddim mor neis â'r licris, ond dyna ni ..."

Ymhen hir a hwyr, roedd gan Jac feiro a darn o bapur. Erbyn iddo orffen sgwennu'r stori ar y papur i Huw, roedd o'n crio fel babi. Roedd holl ddigwyddiadau'r diwrnod wedi'i daro fel gordd. Rhoddodd Huw gwtsh anferth i Jac er mwyn ei gysuro. Suddodd Jac i mewn i'w goflaid fawr, gynnes.

"Druan ohonot ti, Jac," meddai Huw wrth i ddagrau Jac gael eu hamsugno gan ei grys mawr, oren. "Aros i mi gael gafael ar y Miss Fflos 'na! Yn gynta, mae hi'n mynd i ysgolion a rhoi losin am ddim, gan ddwyn fy holl gwsmeriaid i. Ac wedyn, hyn ..."

Allai Jac ddim stopio crio. Rhoddodd Huw ei law ar ei gefn yn dyner, a sniffiodd yr hogyn.

"Mi elli di chwythu dy drwyn yn y copi 'na o'r *Cymro*. Rŵan, aros funud, dwi wedi cael syniad ..."

20

Dannedd gosod

"Wel ...?" gofynnodd Huw. "Ydyn nhw'n ffitio?"

Roedd Huw wedi mynd i fyny'r grisiau ac wedi dod â dannedd gosod ei wraig yn ôl i'r siop. Roedd

ei wraig wedi marw ers rhai blynyddoedd, ond allai Huw ddim wynebu'r dasg o glirio'i heiddo hi. Er mawr syndod i Jac, roedd y dannedd yn ffitio'n eithaf da. Doedden nhw ddim yn berffaith – wedi'r cyfan, roedden nhw wedi cael eu llunio ar gyfer dynes ganol oed felly roedden nhw'n crafu ceg Jac yma ac acw, ond roedd hynny'n ganmil gwell na bod heb ddannedd o gwbl.

"Wyt ti'n siŵr nad wyt ti'n meindio?" gofynnodd Jac. Roedd o wrth ei fodd ei fod yn gallu siarad unwaith eto.

"Ydw siŵr," meddai Huw dan wenu'n garedig. "Mi fyddai Eirlys druan wrth ei bodd."

"Diolch yn fawr iawn."

"Croeso i ti gael ei llygad wydr, ei llaw rwber a'i choes bren hi hefyd."

Oedodd Jac. "Diolch am y cynnig, ond dwi'n iawn diolch."

"Dim problem. Cofia sôn os byddi di'n newid dy feddwl. Rhan o'r gwasanaeth – fyddet ti ddim yn cael hyn mewn archfarchnad!"

"Gwir!" atebodd Jac.

"Un gair o gyngor," meddai Huw yn ddifrifol. "Paid â mynd yn agos at daffi. Dwi'n cofio Eirlys druan yn colli ei dannedd gosod wrth frathu taffi ro'n i wedi'i brynu ar gyfer ein priodas arian."

"Mi gofia i hynny," meddai Jac. "Ond sut fedrwn ni stopio Miss Fflos? Er bod fy nannedd i'n ddrwg, doedden nhw ddim mor ddrwg â hynny. Doedd dim rhaid iddi hi dynnu POB UN allan. Mae hi'n wallgo!"

Petrusodd Huw. "Ar ôl meddwl ... mae 'na lot o bethau rhyfedd wedi digwydd yma'n ddiweddar."

"Plant yn rhoi dannedd o dan y gobennydd a deffro i weld rhywbeth afiach yn y bore?"

"Yn union!" ebychodd Huw. "Sut wyddost ti?"

"Mi wnaeth o ddigwydd i fy ffrind, Cari."

"Www, 'ffrind', ie? Dwi'n gweld!" pryfociodd Huw.

"Ie, ffrind, a dim ond ffrind!" meddai Jac yn biwis.

"Dyna maen nhw i gyd yn ei ddweud!"

Doedd dim pwrpas i Jac ffraeo – dim ond tynnu coes roedd Huw wedi'r cyfan. Aeth yn ei flaen i sôn am yr helynt. "Wel, mae Cari wedi creu map sy'n dangos yn union lle mae'r pethau rhyfedd 'ma wedi bod yn digwydd."

"Mae'r cyfan yn ffiaidd. Pan o'n i'n fachgen bach ac yn colli dant, ro'n i'n rhoi'r dant o dan y gobennydd, ac yn y bore mi fyddai 'na geiniog yno gan y Tylwyth Teg."

"Wel, rhaid bod dy fam neu dy dad wedi gadael y geiniog yno," meddai Jac.

Edrychodd Huw arno mewn penbleth. "Ond mi ddywedon nhw wrtha i mai'r Tylwyth Teg wnaeth ..."

Ochneidiodd Jac. Roedd o'n hogyn mawr rŵan, ac roedd credu yn y Tylwyth Teg yn hollol hurt. Pa hogyn deuddeg oed fyddai'n ddigon gwirion i gredu mewn haid o Dylwyth Teg hudol yn dod i'r tŷ yng nghanol nos a gadael ceiniog am bob dant oedd o dan y gobennydd? Ond doedd o ddim eisiau brifo Huw.

"Wel, weithiau, pan mae'r Tylwyth Teg yn brysur, mae rhieni yn eu helpu nhw," meddai Jac yn frysiog. "Dos yn dy flaen, Huw."

"Wel, mae ambell un o fy nghwsmeriaid i wedi deffro y bore 'ma ac wedi gweld pob math o bethau erchyll o dan y gobennydd."

"Fel beth?" holodd Jac yn awchus.

"O, yym," pendronodd Huw, "chwilod ..."

"Unrhyw beth arall?"

"Gad i mi feddwl. Pryfed genwair, llygoden fawr, llyffant wedi'i daro gan forthwyl a'i adael i sychu yn yr haul ..."

Rhoddodd Jac ei law dros ei geg i'w atal ei hun rhag cyfogi. Ond roedd y straeon yn rhy ddifyr, ac roedd o eisiau clywed mwy.

"Ai dyna'r cyfan?"

"Na." Anadlodd Huw yn ddwfn. "Wyt ti'n siŵr dy fod ti isio clywed mwy?"

"Ydw."

Anadlodd Huw yn ddwfn unwaith eto.

Gewyn troed hen ddyn

"Gewyn troed hen ddyn."

"Na!" gwaeddodd Jac, yn methu credu ei glustiau.

"Ie. Does neb yn gwybod gewyn pwy oedd o, ond roedd o'n fawr ac yn frown, hefo gwaed wedi sychu ar yr ymylon."

"Huw, STOPIA!" taranodd Jac.

"Ond mi wnest ti ddweud ..." protestiodd Huw.

"Do, dwi'n gwybod, ond do'n i ddim yn disgwyl hyn'na!" Oedodd Jac am funud. "Wnaeth unrhyw un o'r plant weld unrhyw beth?"

Ysgydwodd Huw ei ben. "Dim byd. Mae'r cyfan yn ddirgelwch. A sut allai un person fynd at yr holl blant 'na mewn dim ond un noson?"

Dringodd Jac i ben y cownter ac eistedd wrth y til. "Mae'n rhaid bod gan Miss Fflos ryw fath o gysylltiad â'r peth. Mae'n rhaid! Mae hi'n ddieflig," meddai. "Rhaid i ni osod rhyw fath o drap ..."

Aeth Jac yn dawel, a syllodd yn wag ar y wal wrth feddwl.

"Trap?" gofynnodd Huw.

"Dwi'n trio meddwl, Huw," atebodd Jac.

"O, mae'n ddrwg gen i." Syllodd Huw ar ei draed yn lletchwith am ychydig funudau, cyn dweud: "Fyddai losin yn dy helpu di i feddwl?"

"Dyna ni!" ebychodd Jac. Roedd ei lygaid yn llachar gan gyffro a neidiodd oddi ar y cownter yn eiddgar.

"Dyna ni be?"

"Cynllun! Cynllun i ddal y lleidr dannedd!"

"Gwych, fachgen! Da iawn. Sut fedra i helpu?"

Rhythodd Jac i fyw llygaid Huw am funud. Roedd o'n gwybod nad oedd Huw am hoffi'r frawddeg nesaf roedd o am ei dweud. "Wel, mi fedri di wneud un peth."

"Be?" gofynnodd Huw.

"Dwi angen un o dy ddannedd di ..."

21

Tynnu dant

"UN O FY NANNEDD I?!" protestiodd
Huw.

"Ie," atebodd Jac yn bendant. "Mi fyddwn i wedi
defnyddio un o fy rhai i, ond does gen i ddim un
ar ôl."

Doedd Huw ddim mor siŵr. "Ond pam wyt ti
angen un o fy nannedd i?"

Camodd Jac ar hyd y siop er mwyn ceisio
meddwl.

"Ocê, gad i ni feddwl am funud. Mae rhywun
neu rywbeth yn dwyn dannedd plant y dref o dan
y gobennydd ac yn gadael rhywbeth ffiaidd ar ôl.
Cywir?"

"Cywir," cytunodd Huw.

"Felly, heno, dwi'n mynd i adael dant o dan y gobennydd, yna esgus mynd i gysgu."

"Mi fyddai losin coffi'n dy helpu di i aros yn effro! Mae gen i rai yma yn rhywle ..."

"Syniad da. Yna, mi wna i orwedd yn y gwely ag un llygad yn gilagored er mwyn gweld pwy neu beth bynnag ..." llyncodd Jac ei boer mewn ofn, "... sy'n gwneud y drygioni 'ma ..."

Nodiodd Huw, yna trodd ei ben rhag ofn iddo ddal llygad Jac. Dechreuodd dacluso'r papurau newydd i esgus bod yn brysur. "Wel, dyna gynllun gwerth chweil. Wna i mo dy gadw, Jac – does gen ti ddim eiliad i'w cholli. Hwyl fawr, a phob lwc!"

Edrychodd Jac yn amheus ar Huw. "Huw, wyt ti wedi anghofio rhywbeth?"

"Be?"

"Wyt ti wedi anghofio rhywbeth?"

"Naddo, dwi ddim yn meddwl," meddai Huw, braidd yn rhy fuan. "Mae'n hen bryd i ti fynd, felly ..."

"Dy ddant di ..."

Fedrai Huw ddim cuddio'i fraw. Yn araf, camodd yn nes at Jac.

"Jac, mi fyddwn i wrth fy modd yn rhoi un o fy nannedd i ti," meddai'n bwyllog, "ond ..."

"Ond be?"

"Mae arna i ofn y bydd o'n brifo wrth ei dynnu."

Yn y cyfamser, roedd Jac wedi bod yn meddwl am wahanol ffyrdd i dynnu un o ddannedd Huw. Roedd gan bob ffordd ei lefel arbennig o boen:

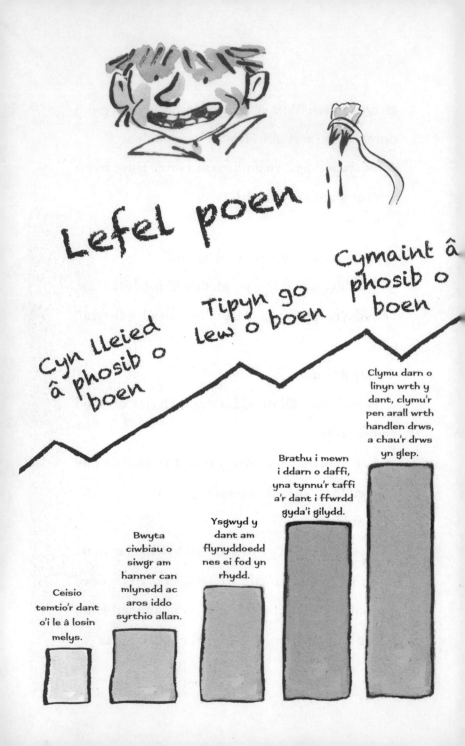

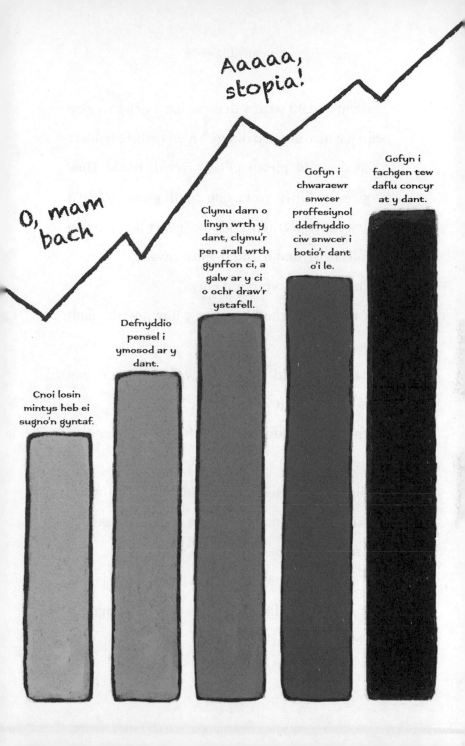

Clymu'r dant wrth y drws a chau'r drws yn glep oedd y syniad gorau o dipyn. Yn un peth, fe fyddai'r cyfan drosodd mewn eiliad. Hefyd, roedd Huw yn gwerthu llinyn yn ei siop. Wrth gwrs, byddai'n cymryd tipyn o amser i ddod o hyd i'r llinyn o dan yr holl lanast, ond roedd o yno'n rhywle.

Yn anfodlon, cytunodd Huw.

Yn gyntaf, clymodd Jac ben y llinyn wrth ddant Huw.

Yna, mesurodd y pellter at y drws agored, gan adael ychydig o linyn dros ben.

Yn olaf, clymodd ben arall y llinyn wrth handlen y drws.

"Reit, Huw, aros yn hollol lonydd ac mi wna i gyfri i dri. Ar 'tri' mi fydda i'n cau'r drws ..." meddai Jac yn araf ac yn ofalus. "Iawn?"

Gwingodd Huw wrth feddwl am y boen roedd o ar fin ei phrofi. "Iawn," meddai, a'r dagrau'n dechrau cronni yn ei lygaid.

Dechreuodd Jac gyfri.

"Un ... dau ..."

Ond cyn iddo allu dweud 'tri', camodd hen wreigan i mewn i'r siop, a chau'r drws yn glep ar ei hôl.

"AAAAAAAAAAAA
AAAAAAAAAAAAA
AAAAAAAAAAAAA
AAAAAAAAAAAAA
AAAAAAAAAAAAA
AAAAAAAAAAAAA
AAAAAAAAAAAAA
AAAAAAAAAAAAA
AAAAAAAAAAAAA
AAAAAAAAAAAAA
AAAAAAAAAAAAA
AAAAAAAAAAAAA
AAAAAAAAAAAAA
AAAAAAAAAAAAA
AAAAAAAAAAAAA
AAAAAAAAAAAAA
AAAAAAAAAA!!!!!!!!!!!!!!!!!!!!!!"

sgrechiodd Huw wrth i'w ddant hedfan drwy'r awyr a tharo'r hen wreigan ar ei phen.

"Ond wnest ti ddim dweud 'tri'!" protestiodd Huw.

Rhuthrodd Jac draw at yr hen wreigan. Roedd hi'n rhwbio'i thalcen ac yn edrych fel petai hi wedi drysu'n llwyr.

"Ydych chi'n iawn?" gofynnodd.

"Ydw, dwi'n meddwl, cariad. Dim ond dod yma am losin mintys a cherdyn pen-blwydd wnes i."

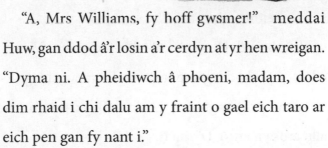

"A, Mrs Williams, fy hoff gwsmer!" meddai Huw, gan ddod â'r losin a'r cerdyn at yr hen wreigan. "Dyma ni. A pheidiwch â phoeni, madam, does dim rhaid i chi dalu am y fraint o gael eich taro ar eich pen gan fy nant i."

Mewn penbleth, estynnodd Mrs Williams am ei phwrs i dalu am y nwyddau. Ar ôl cael ei arian, arweiniodd Huw yr hen ddynes druan o'r siop.

Yn y cyfamser, cododd Jac y llinyn oddi ar lawr a gwenu wrth weld bod dant Huw yn dal wedi'i glymu'n daclus wrth un pen. Astudiodd y dant cyn ei roi yn ei boced.

"Diolch, Huw. Mi fydd hwn yn help mawr."

"Wel, pob lwc i ti, Jac. Gobeithio y bydd y cynllun yn gweithio – mi fydda i'n disgwyl amdanat ti fory i gael clywed yr hanes i gyd."

"Gobeithio wir."

Rhuthrodd Huw yn ôl at y cownter. Mewn eiliad, taflodd ddegau o losin coffi i mewn i fag.

"Bron i mi anghofio! Losin coffi er mwyn i ti allu aros yn effro. Dyma ti."

Rhoddodd Huw y bag i Jac, a gwenodd Jac yn ddiolchgar. "Diolch, Huw."

"Dim problem, siŵr. Cymer ofal ohonot ti dy hun."

Gwenodd Jac. "Mi wna i." Trodd ar ei sawdl am y drws.

"Hei, wyt ti wedi anghofio am rywbeth?"

"Be?" gofynnodd Jac.

"Punt a deg, os gweli di'n dda."

22

Treiffl amryliw

"Sut aeth hi hefo'r deintydd, 'ngwas i?" holodd Dad, gan ymladd am ei anadl.

Eisteddai Dad yn ei gadair olwyn yn yr ystafell fyw pan ddaeth ei fab adre. Roedd hi tua phedwar o'r gloch, sef yr amser y byddai Jac fel arfer yn cyrraedd adre o'r ysgol, felly doedd gan Dad ddim rheswm i amau bod dim o'i le.

"O, iawn diolch, Dad," meddai Jac mor llon ag y medrai. Roedd y dannedd gosod yn ysgwyd yn ei geg braidd.

Gallai Jac weld bod iechyd Dad yn dirywio fesul diwrnod. Roedd o'n mynd yn wannach ac yn wannach, ac roedd o'n crebachu yn ei gadair. Ofnai

Jac y byddai Dad yn gwylltio petai o'n clywed y gwir am y deintydd, ac y byddai o eisiau mynd draw yno ar unwaith a rhoi Miss Fflos yn ei lle. Petai Dad yn dechrau gweiddi neu hyd yn oed godi ei lais ychydig, byddai ei anadlu yn mynd yn waeth byth. Efallai y byddai o'n llewygu eto. Doedd Jac ddim eisiau i hynny ddigwydd.

Mentrodd Jac yn betrus yn bellach i mewn i'r ystafell. Fel arfer, byddai Jac yn rhoi clamp o gwtsh i Dad ar ôl cyrraedd adre o'r ysgol, ond aeth o ddim yn agos ato heddiw. Doedd o ddim eisiau i Dad weld ei ddannedd o. Wel, dannedd gosod Eirlys, a bod yn fanwl gywir.

"Dim cwtsh heddiw, 'ngwas i?" Roedd golwg drist ar wyneb Dad, ac wrth weld ymddygiad anarferol Jac roedd o'n dechrau mynd yn amheus.

"Dwi am fynd i wneud paned ..."

"Mi gaiff y baned aros. Dwi wedi bod yn aros drwy'r dydd am gael cwtsh gen ti."

Teimlodd Jac bang o euogrwydd. Mor dawel ag y medrai, caeodd ei geg a sugnodd ddannedd gosod Eirlys mor dynn ag y gallai rhag ofn iddyn nhw symud a gwneud sŵn. Yna, camodd i ochr draw'r ystafell at Dad, plygodd i lawr at y gadair olwyn a lapio'i freichiau amdano'n dynn. Gwnaeth Dad yr un fath.

"Aaa, dyna welliant. Dwi'n dy garu di, 'ngwas i."

Roedd yn gas gan Jac ddweud celwyddau wrth ei dad. Teimlad afiach oedd hynny, ac roedd ei stumog o'n troi bob tro. Ceisiodd ei ddatod ei hun o gwlwm breichiau Dad gan ei fod yn teimlo mor euog am guddio'r gwir oddi wrtho.

Yn anffodus i Jac, mae pob rhiant yn gwybod yn reddfol pan mae 'na rywbeth yn poeni eu plant. Maen nhw'n gallu synhwyro'r peth, a doedd Dad ddim yn eithriad.

"Wyt ti'n siŵr dy fod ti'n iawn, 'ngwas i?" gofynnodd Dad, gan edrych i fyw ei lygaid.

"Nac ydw ... yym ... ydw." Baglodd Jac ar draws ei eiriau gan geisio osgoi llygaid Dad. "Ydw, dwi'n hollol iawn. Does dim byd yn bod. Roedd y deintydd yn glên iawn."

"Gad i mi weld dy ddannedd di."

Yn araf ac yn anfodlon, agorodd Jac ei geg, gwenodd y wên fwyaf gwantan erioed, yna caeodd ei geg yn glep eto. "Dyna ni. Fel newydd," meddai'n gelwyddog.

"Wel, maen nhw wedi altro ..." meddai Dad.

"Dwi am fynd i wneud paned."

Brysiodd Jac i'r gegin, ymhell oddi wrth lygaid barcud Dad.

Rhoddodd Jac y tegell bychan, du ar yr hob nwy ar ganol llawr y gegin. Roedd y prif gyflenwad nwy wedi cael ei ddatgysylltu ers blynyddoedd ar ôl i Dad fethu talu'r biliau. Daeth biliau mewn inc coch yn lle'r biliau mewn inc du, ond doedd ganddo ddim gobaith caneri o'u talu nhw ac yntau heb fod yn gweithio am amser mor hir. Doedd gan y cwmni nwy ddim dewis ond torri'r cyflenwad.

Tra oedd Jac yn aros i'r tegell ferwi, estynnodd i'w boced i wneud yn siŵr fod dant Huw yn dal ganddo. Er mawr ryddhad iddo, roedd o'n dal yno. Y cwbl oedd yn rhaid ei wneud bellach oedd aros iddi nosi.

Ac wrth gwrs, ceisio aros yn effro.

Chwibanodd y tegell wrth i'r dŵr gyrraedd y berw, ond wnaeth y chwiban ddim para'n hir. Roedd y silindr nwy bychan yn wag. Dyma'r baned olaf o de am amser hir, meddyliodd Jac.

Aeth yn ôl i'r ystafell fyw yn cario dwy baned o de, ond dim bisgedi. Wrth gwrs, roedd Wini wedi bwyta'r rheiny i gyd.

"Diolch, 'ngwas i," meddai Dad.

Roedd popeth yn edrych yn iawn am funud. Yna ...

CNOC CNOC CNOC.

Roedd rhywun wrth y drws. Llamodd calon Jac. Roedd y curiadau'n galed ac yn bendant. Ai Mr Llwyd oedd yno i ddweud wrth Dad fod ei fab wedi cael ei ddiarddel o'r ysgol? Ai PC Plonc oedd yno i arestio Jac ar ôl y cythrwfl y pnawn hwnnw? Neu ai Mr Huws, yr athro drama, yn dal i fyrfyfyrio?

"Wini sydd yna," meddai Dad yn ddidaro.

Na! meddyliodd Jac. *Fedra i ddim gadael iddi hi ddod i mewn – mi wnaiff hi ddweud popeth!*

"Mi ddyweda i wrthi am ddod yn ôl yn nes ymlaen."

"Na, 'ngwas i," meddai Dad yn gadarn. "Gad iddi hi ddod i mewn. Mae hi'n dda iawn hefo ni, ac mae'n siŵr ei bod hi'n galw i wneud yn siŵr dy fod ti'n iawn ar ôl bod at y deintydd."

CNOC CNOC CNOC CNOC CNOC...

"Agor y drws, Jac!"

Brysiodd Jac at y drws. Roedd yn rhaid iddo'i stopio hi rywsut neu'i gilydd. Drwy wydr patrymog y drws roedd ei dillad hi'n edrych fel treiffl amryliw. Anadlodd Jac yn ddwfn cyn agor y drws.

"A, Jac! Braf dy weld di eto!"

"Mae'n ddrwg gen i, Wini, ond dydi hi ddim yn gyfleus iawn ..."

"Paid â phoeni, Jac, fydda i ddim yn hir," meddai Wini gan dorri ar ei draws. "Dim ond sgwrs sydyn â Mr Ifan ac mi fydda i'n mynd yn syth wedyn."

Gwthiodd ei ffordd heibio Jac. Fel gweithwraig gymdeithasol, roedd hi wedi hen arfer â deilio â phobl anodd. Gan ei bod hi wedi cael ei galw'n bob enw dan haul, roedd hi wedi tyfu croen caled ac wedi arfer â phobl yn cau'r drws yn ei hwyneb. Brasgamodd tua'r ystafell fyw, a doedd gan Jac ddim gobaith o'i stopio hi.

"Plis, plis peidiwch â dweud wrth Dad be ddigwyddodd heddiw," plediodd Jac, gan godi ei lais ryw fymryn, ond doedd Wini ddim am wrando.

"Pnawn da, Mr Ifan!" meddai'n hyderus wrth iddi gamu i mewn i'r ystafell fyw. Gwenodd Dad ryw hanner gwên. Roedd Dad yn gweld Wini braidd yn syrffedus, hyd yn oed.

Ceisiodd Dad rythu i weld beth roedd Wini'n ei wisgo. Roedd hi'n fwy lliwgar nag arfer heddiw, a rhwng ei dillad amryliw, ei breichledi cymysglyd a'i cholur trwchus, blêr, roedd golwg ofnadwy arni hi.

"A, paned! Diolch o galon i chi!" Cododd baned Jac at ei cheg a'i hyfed yn swnllyd.

"SSSSSSSSSSSSLLLLLLLLLL LLLLLLLLLLL YYY YYYYYYYYYY YYYYRRRRR RRPPPPPPPP PPPP!!!!!!"

Ochneidiodd yn swnllyd i ddangos ei bod yn mwynhau'r baned, yna syrthiodd yn glewt ar ei phen-ôl ar y soffa, gan godi cwmwl mawr o lwch wrth wneud.

"Bachwch sedd, Wini ..." cynigiodd Dad, braidd yn hwyr.

"Dad, plis, paid â gwrando arni hi. Mi fedra i esbonio ..." meddai Jac mewn panig.

"O, dwi'n edrych ymlaen at hyn!" meddai Wini'n falch.

"Dydw i ddim wedi cael dim o hanes Jac a'i drip at y deintydd," esboniodd Dad. "Wini, falle y gallwch chi ddweud ychydig o'r stori."

"Dad, plis, gwranda arna i," plediodd Jac. "Mi o'n i ar fin dweud ..."

"O, Mr Ifan, mae hi'n stori a hanner. Stori a hanner."

Roedd Jac yn gwybod ei fod ar fin mynd i drwbwl dros ei ben a'i glustiau.

"Gobeithio eich bod chi'n eistedd yn gyfforddus," meddai Wini, gan symud y clustogau ar y soffa ac ymestyn ei choesau. "Mae hon yn stori hir ..."

23

Wini Wyntog

"Cyn i mi ddechrau," meddai Wini, "mi fyddwn i wrth fy modd yn cael un o'r bisgedi 'na."

Gan fod Dad yn gaeth i'w gadair olwyn, Jac oedd yn gyfrifol am siopa bwyd ar gyfer y tŷ. Roedd o'n gwybod yn iawn nad oedd 'na fisged arall ar gyfyl y lle.

"Mi wnaethoch chi fwyta'r un olaf ddoe," meddai Jac yn bigog. "Cofio?"

"Cacen 'te?" ebychodd â golwg gyffrous ar ei hwyneb. "Sleisen fach o gacen?"

"Na," atebodd Jac. Doedd dim rhaid iddo fynd i chwilio. Doedden nhw byth yn prynu cacennau. Dim ar gyfer ei ben-blwydd, hyd yn oed.

"Diar mi, diar mi, diar mi," mwmialodd Wini.

"Siocled?"

"Na."

"Unrhyw beth siocledaidd?" holodd yn benderfynol.

"Na."

"Unrhyw beth hefo blas siocled neu hefo siocled drosto fo?"

"Na."

"Unrhyw beth sy'n arogli fel siocled? Neu'r un lliw â siocled?"

Cyfrodd Jac i ddeg er mwyn tawelu ei dymer. Roedd hi'n anodd peidio â gweiddi ar y ddynes hurt. "Does 'na ddim math o siocled yn y tŷ."

Aeth y lle'n dawel am ychydig.

"Sut fath o dŷ sydd heb unrhyw fath o siocled o gwbl?"

Roedd Jac bron â ffrwydro, ond llwyddodd i gadw'n dawel.

"Unrhyw friwsion siocled?"

"NAC OES!" cyfarthodd Jac. Allai o ddim cadw'n dawel am eiliad arall. "Does 'na ddim siocled O GWBL yma!"

"Iawn, iawn, does dim rhaid gweiddi!" meddai Wini'n biwis. "Dim ond gofyn ..."

Cymerodd lond ceg arall o de ...

"SSSSSSSSSSSS
LLLLLLLLLLL
YYYYYYYY
RRRRRRR
PPPPPPPP
!!!!!!!!!!!!!"

... ac ochneidiodd eto:

"AAAAAAAAAAAAAA
AAAAAAAAAAAAAA!!!!!!!"

Eisteddodd Jac ar fraich y gadair nesaf at Dad a phlethu'i freichiau'n ddiamynedd. Roedd o'n barod i wynebu ei dynged. Gorweddodd yn ôl i wrando ar Wini, ac wrth iddo wneud fe syrthiodd y paced o losin coffi a gafodd gan Huw allan o'i boced a disgyn ar y llawr o'i flaen. O fewn chwarter eiliad roedd Wini wedi'u llygadu nhw fel eryr barus.

"Wel, Jac bach, be ar wyneb y ddaear ydi'r rhain?" gofynnodd Wini'n bryfoclyd. Roedd hi'n gwybod yn iawn mai siocled oedden nhw.

"Dim byd ..." atebodd Jac yn frysiog.

"Paid â dweud celwydd, 'ngwas i," meddai Dad. "Mae'n edrych fel paced o siocled i mi."

Rhythodd Wini ar Jac.

"O, be, *y rhain*? O ie, mi wnes i anghofio am y rhain."

Aeth y lle'n dawel eto. Doedd Wini ddim yn credu Jac. "Mi wnest ti ddweud nad oedd 'na unrhyw fath o siocled yn y tŷ."

"Cynigia un i Wini, 'ngwas i," gorchmynnodd Dad.

Ond roedd Jac angen pob un ohonyn nhw. Roedd o angen bwyta un bob hanner awr i'w stopio rhag syrthio i gysgu. Heb y coffi yn y losin, doedd ganddo ddim gobaith o allu aros yn effro i ddal y lleidr dannedd.

Cododd y paced oddi ar lawr a chamodd yn araf at Wini.

"Diolch, Jac. Ro'n i'n gwybod y byddai 'na siocled yma'n rhywle. Mae 'na stoc gudd o siocled ym mhob tŷ! Dwi'n hoffi pob math o losin, heblaw am rai blas coffi, wrth gwrs ..."

"Does neb yn hoffi rhai blas coffi," cytunodd Dad.

Ha! meddyliodd Jac gan geisio'i atal ei hun rhag gwenu.

"Fedra i ddim bwyta rhai coffi beth bynnag," meddai Wini. "Maen nhw'n mynd yn syth drwydda i."

Edrychodd Dad a Jac ar ei gilydd. *Gormod o wybodaeth.*

Agorodd Wini'r bag yn farus a helpodd ei hun i'r losin. Gafaelodd yn un ohonyn nhw a'i wthio'n flêr i'w cheg fawr. Brathodd ar y losin am eiliad, cyn i flas chwerw'r coffi ddechrau llifo i lawr ei gwddw.

"O na – coffi!" cwynodd Wini. "Yr un gyntaf hefyd. Am anlwc!"

Brathodd Jac dop ei grys i'w atal ei hun rhag chwerthin.

"Mi dria i un arall i gael gwared â'r blas drwg ..."

Bachodd y weithwraig gymdeithasol un arall o'r losin a'i gwthio i'w cheg.

"Coffi eto! Na, dwi angen un arall!"

Gwyliodd Jac y ddynes yn dewis un arall o'r losin yn frysiog, ond wnaeth o ddim dweud dim byd.

"Mae'n rhaid mai taffi fydd yr un nesaf! Fy hoff flas!"

Edrychodd yn ofalus ar y losinen fach yn ei llaw.

"Neu oren, tybed? Na, na, dwi'n siŵr mai taffi ydi'r un yma. Diolch i Dduw!"

Ar ôl teimlo, arogli a llyfu'r losinen, mentrodd ei rhoi yn ei cheg. Toddodd y losinen ar ei thafod, ac ar ôl i'r siocled ddiflannu gallai Wini deimlo'r blas coffi ar ei thafod unwaith eto. Gwnaeth bob math o stumiau â'i hwyneb cyn poeri'r losinen o'i cheg i ben draw'r ystafell.

"C O F F I ! ! ! ! NNNNNNAAAAAAAAAAAA!!!!!" gwichiodd Wini.

Cymerodd losinen arall, yna un arall, yna un arall wedyn. Roedd hi'n gobeithio y byddai'r losinen nesaf yn cael gwared â blas yr un ddiwethaf, ond roedd pob un yn gwneud y sefyllfa'n waeth ac

yn waeth. Cyn pen dim roedd y paced yn wag, ac roedd gan Wini lond ei bol o goffi. Eisteddai yno ar y soffa â golwg hollol anobeithiol ar ei hwyneb.

"Coffi! Pob un wan jac ohonyn nhw!" protestiodd.

"O diar," mwmialodd Jac, gan geisio'i orau i guddio'r ffaith ei fod bron â thorri ei fol eisiau chwerthin. "Dyna anffodus."

Roedd Dad mewn syndod llwyr. "Chlywais i erioed y fath beth! Paced yn llawn o rai coffi!"

Ceisiodd Jac edrych yn ddiniwed, ond prin roedd o'n gallu cuddio'r euogrwydd ar ei wyneb.

Roedd yr ystafell yn hollol dawel. Ond roedd pethau ar fin mynd yn llawer gwaeth. O'r tawelwch daeth sŵn. Sŵn grwgnach hir ac isel, fel sŵn storm ar y gorwel. Edrychodd Dad a Jac ar ei gilydd, cyn troi i edrych ar Wini. Edrychodd y weithwraig gymdeithasol ar ei bol. Roedd yn rymblan, yn grwgnach ac yn chwyddo'n ddychrynllyd o sydyn.

Fel balŵn ar fin byrstio.

"MI WNES I DDWEUD BOD COFFI'N MYND YN SYTH DRWYDDA I!" bloeddiodd y ddynes. "MAE FY MHEN-ÔL I AR FIN

FFRWYDRO!"

"Wel," meddai Jac yn bwyllog gan edrych yn fodlon, "mae'n beryg y bydd yn rhaid i chi aros cyn dweud eich stori."

"Bydd! Brysiwch! Rhaid i mi fynd – rŵan!" Ar hynny, cododd Wini ar ei thraed. Wrth iddi sythu, daeth sŵn anghynnes ac aflafar o'i phen-ôl. "O na," meddai. "Mae hi'n rhy hwyr." Daeth sŵn arall o'i phen-ôl, a hwnnw hyd yn oed yn fwy aflafar na'r cyntaf. "O diar, esgusodwch fi!"

Cochodd Wini at ei chlustiau wrth golli rheolaeth ar ei phen-ôl o flaen pobl eraill. Plygodd ei choesau a cherddodd fel hwyaden wysg ei hochr o'r ystafell. Roedd Wini'n gobeithio i'r nefoedd y gallai hi reoli ei stumog am ychydig hirach, ond gyda phob cam roedd y sŵn grwgnach ffiaidd yn dal i ddod o'i phen-ôl.

Roedd Jac yn ei ddyblau'n chwerthin bellach, a dagrau yn ei lygaid. Ac er na ddylai Dad weld hyn yn ddoniol, roedd yntau hefyd wedi gorfod rhoi ei law dros ei geg i'w stopio'i hun rhag piffian chwerthin. Wrth iddyn nhw glywed y drws yn cau'n glep, dechreuodd y ddau chwerthin yn afreolus. Chwarddodd Dad gymaint nes iddo lithro allan o'i gadair olwyn a rholiodd y ddau ar y carped fel dau forlo gwallgof.

Ar ôl i'r pwl ddechrau cilio, cododd Jac ar ei draed ac aeth at y ffenest i wylio Wini'n gwibio i ffwrdd ar ei sgwter. Gwasgodd y sbardun mor galed ag y medrai a sgrialu i lawr y lôn.

Gwynt teg ar ei hôl hi, meddyliodd Jac. Gan ei bod hi wedi mynd, doedd o ddim mewn trwbwl bellach – am ychydig, o leiaf. Ond roedd o ar fin mentro i fyd llawer iawn mwy peryglus ...

24

Yr awr dywyllaf

Roedd y cynllun ar waith.

Roedd hi'n dal yn gynnar, ond roedd Jac wedi newid i'w ddillad nos ac yn barod am ei wely. Gosododd ddant Huw o dan ei obennydd. Yn wahanol i'r arfer, doedd dim angen i Dad ddweud wrtho am fynd i'w wely heno. Yn syth ar ôl iddi ddechrau nosi, aeth Jac i'w ystafell. Doedd neb yn gwybod pryd y byddai rhywun (neu rywbeth) yn dod i ddwyn y dant. Ond roedd yn rhaid

iddi fod yn dywyll. Ac roedd hi'n dywyll yn barod.
Yn dywyllwch du, gaeafol.

Ond roedd rhywbeth yn bod ar y cynllun. Sut ar
wyneb y ddaear roedd o i fod i aros yn effro drwy'r
nos? Roedd Wini wedi bwyta pob un o'r losin coffi.
Wrth gwrs, mae 'na lawer o ffyrdd eraill i aros yn
effro, ond doedd yr un ohonyn nhw'n apelio:

- Gosod matshys i
  ddal eich llygaid yn
  agored.

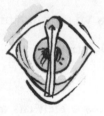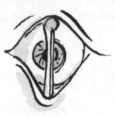

- Yfed galwyni o ddŵr
  a pheidio â mynd i'r tŷ
  bach cyn mynd
  i'r gwely.

- Slapio eich wyneb bob pum munud.

- Gadael y ffenest yn agored drwy'r nos. Byddai pibonwy yn siŵr o dyfu o dan eich trwyn.

- Meddwl am eich cas athro, a cheisio meddwl am ddeg peth da amdano. Amhosib!

- Pinsio eich
braich bob
tri munud.

- Codi o'r gwely
bob chwarter awr
a gwneud ychydig
o ymarfer corff
neu gymnasteg.

- Gorwedd ar y gwely mewn safle ofnadwy o
anghyfforddus, fel hwn:

Dringodd Jac i'r gwely a diffodd y gannwyll yn ei law. Tra oedd o'n gorwedd yn ei wely, deallodd nad oedd o angen unrhyw un o'r ffyrdd yna i aros yn effro. Doedd o erioed wedi teimlo mor effro yn ei fywyd. Ar y dechrau, roedd popeth yn swnio'n dawel. Ond yn fuan iawn, roedd pob gwich fechan, pob sŵn tylluan a phob chwibaniad gan y gwynt yn llenwi ei galon â braw.

EFALLAI MAI NHW SYDD YNA ...
EFALLAI MAI NHW SYDD YNA ...
EFALLAI MAI NHW SYDD YNA ...

Dechreuodd cysgodion ddawnsio ar y waliau. Ai cysgodion coed oedden nhw? Ai cysgodion ceir yn mynd heibio y tu allan? Neu ai rhywbeth llawer mwy sinistr?

EFALLAI MAI NHW SYDD YNA ...
EFALLAI MAI NHW SYDD YNA ...

EFALLAI ... MAI ... NHW ...

Rhoddodd Jac ei law o dan y gobennydd i wneud yn siŵr fod y dant yn dal yno. Oedd, diolch byth.

Pwy neu beth oedd yn mynd i ddod i mewn i'w ystafell? A sut fydden nhw'n trio cipio'r dant? Ac yntau'n gorwedd yn y tywyllwch, roedd ei ddychymyg yn troi fel ffair. Yn fuan, roedd hi'n anodd i Jac wybod beth oedd yn wir a beth oedd yn ffantasi. Oedd o'n gorwedd ar ei wely'n effro? Neu tybed a oedd o'n cysgu, ac yn breuddwydio ei fod o'n effro?

Aeth oriau heibio. Oriau? Munudau? Roedd hi'n amhosib dweud. Doedd dim smic o sŵn y tu allan i ystafell Jac bellach. Dim un aderyn yn canu. Dim un awyren yn yr awyr. Dim un car yn y pellter, hyd yn oed. Hon oedd yr awr dywyllaf.

Rhoddodd ei law o dan y gobennydd unwaith eto. Roedd y dant yn dal yn yr union le.

Yn sydyn, clywodd Jac rywbeth yn symud yn y gwrych tu allan. Aderyn, efallai. Gwiwer neu lygoden fawr, hyd yn oed. Ond na, roedd y sŵn yn rhy gryf. Roedd o'n rhywbeth mwy nag aderyn.

Aeth pob man yn dawel am funud.

Yna, mor chwim â mellten, ymddangosodd cysgod mawr, bygythiol wrth y ffenest, gan rwystro holl olau'r goleuadau stryd. Neidiodd Jac mewn braw. Roedd wynebu'r bwgan ar ei ben ei hun yn dechrau edrych fel camgymeriad ofnadwy. Roedd ar Jac ofn. Ofn am ei fywyd.

Clywodd y ffenest yn agor. Yna, agorodd y llenni tyllog a daeth ffigwr tywyll i mewn i'r ystafell. Roedd Jac eisiau agor ei geg i sgrechian nerth ei ben, ond roedd ei geg mor sych allai o ddim gwneud smic. Dechreuodd y ffigwr symud yn llechwraidd tuag at Jac.

Cynllun Jac oedd esgus ei fod yn cysgu, gadael i'r bwgan ddwyn y dant, yna edrych ar y bwgan wrth iddo adael yr ystafell. Ond roedd y cynllun yn syrthio'n ddarnau. Doedd gan Jac ddim unrhyw obaith o aros yn llonydd. Roedd ei gorff i gyd yn crynu mewn braw.

Gan fod y ffigwr yn dod yn nes ac yn nes, doedd gan Jac nunlle i ddianc. Yr unig opsiwn oedd ymladd. Neidiodd o'r gwely. Carlamodd at y bwgan gan chwifio'i freichiau fel melin wynt yn yr awyr, dan weiddi:

"AAAAAAAAAAAAAAAA!!!!!!!!!!"

25

Dan y gobennydd

"AAAAᴀᴀᴀᴀᴀᴀᴀ
Aᴀᴀᴀᴀᴀᴀᴀᴀᴀᴀᴀᴀ!!!!!"
bloeddiodd y bwgan. "Plis, plis paid â 'mrifo i!"

Roedd Jac yn adnabod y llais. Llais Huw.

Taniodd Jac y gannwyll wrth ymyl ei wely a'i gosod wrth wyneb y ffigwr tywyll. Wyneb Huw.

Llyncodd Jac ei boer. Ciliodd yr ofn. "Huw! Be ti'n ei wneud yma?!"

"Mi wnest ti roi braw i mi!" ebychodd Huw.

"Mi wnest ti roi mwy o fraw i mi!" atebodd Jac.

"Wel, dwi'n meddwl dy fod ti wedi rhoi mwy fyth o fraw i mi."

"Naddo. Mi wnest ti roi llawer iawn mwy o fraw i mi."

"Na na na na na! Dwi'n hollol, hollol siŵr, gant y cant, dy fod ti wedi rhoi mwy o fraw i mi!" protestiodd Huw.

Doedd dim pwrpas i Jac ddadlau â Huw. Roedd Huw yn enwog am fod yn un hawdd ei ddychryn. Unwaith, yn ôl y sôn, roedd o wedi rhedeg o'r siop dan sgrechian ar ôl meddwl ei fod wedi gweld un o'r losin siâp neidr yn symud.

"Ocê, ocê," cyfaddefodd Jac. "Ond mi o'n i'n meddwl mai ti oedd y lleidr dannedd ..."

"Ond nid fi ydi o," meddai Huw. "Huw ydw i, perchennog y siop bapur."

"Ie, ie, dwi'n gwybod pwy wyt ti!" meddai Jac yn ddiamynedd. "Ond be wyt ti'n dda yma?"

Y munud hwnnw, rhuthrodd chwa anferth o wynt rhewllyd drwy'r ffenest gan ddiffodd y gannwyll.

"Mae hi braidd yn dywyll yma!" llefodd Huw.

"Paid â phoeni, mae gen i ddigon o fatshys ..."

Ymbalfalodd Jac am y matshys ar y cwpwrdd wrth ochr y gwely a thanio'r gannwyll. Roedd yr ystafell wedi oeri'n sydyn, felly aeth Jac at y ffenest i'w chau. Er mwyn bod yn hollol saff, trodd yr allwedd i'w chloi hefyd.

"Wel, mi o'n i'n gorwedd yn fy ngwely uwch ben y siop a do'n i ddim yn gallu peidio â meddwl amdanat ti, Jac, yma ar dy ben dy hun."

"Chwarae teg i ti, Huw, ond wir yr, dwi'n iawn," meddai Jac yn gelwyddgar. "Mae'n rhaid ei bod hi bron yn fore bellach, ond dydw i ddim wedi gweld dim byd."

"Ydi'r dant yn dal o dan y gobennydd?"

"Ydi wir," meddai Jac, gan fynd yn ôl at y gwely. "Dyma fo ..."

Ond wrth iddo godi'r gobennydd, doedd dim golwg o'r dant.

Roedd rhywbeth arall yn gorwedd yno yn ei le ...

Rhywbeth ffiaidd, ffiaidd.

Rhywbeth erchyll, erchyll.

Llygad.

Roedd y nerf hir, sidanaidd ar gefn y llygad yn dal yn sownd wrthi. Roedd hi'n ysgwyd i'r chwith ac i'r dde fel cynffon, gan wneud i'r llygad wingo a phlycio ar y gwely fel pysgodyn allan o ddŵr.

"AAAAᴀᴀᴀᴀᴀᴀᴀ Aᴀᴀᴀᴀᴀᴀᴀᴀᴀᴀ!!!!!!!"
sgrechiodd Huw.

Roedd Jac ychydig yn fwy dewr na Huw, ond sgrechiodd yntau hefyd:

"AAAAAAAA AAAAA AAAAAAA AAAAAAA!!!!!!!"

"Llygad!" bloeddiodd Huw.

"Dwi'n gwybod!" llefodd Jac.

"Ond ... llygad ... llygad go iawn!"

"Ie, dwi'n gwybod, ond gad i ni drio cadw'n dawel," meddai Jac yn ddoeth. "Mae hwn yn gliw pwysig ..."

Yn araf, rhoddodd Jac y gannwyll wrth ymyl y llygad. Roedd yn llygad anarferol o fawr, fel pêl golff. Rhaid mai llygad anifail oedd hi. Neu lygad cawr.

"AAAAAAAA
AAAAAAAAAAAA
AAAAAAAAAAAAAA!!!!!!!!!"

sgrechiodd Jac.

"AAAAAAAAAA
AAAAAAAAAAAAA!!!!!!!"

sgrechiodd Huw.

"Mi wnaeth hi edrych arna i!" poerodd Jac.

"Edrych arna i yn syth i fy llygaid!"

THYMP

THYMP

THYMP

Roedd rhywun yn curo ar y wal.

Sgrechiodd Huw unwaith eto, a neidiodd i freichiau Jac.

"Dad oedd hwn'na. Mae o yn y stafell drws nesa."

"O, sorri," meddai Huw, gan geisio ymdawelu. Roedd ei nerfau ar chwâl heno. "Ro'n i'n neidio i freichiau Mam bob amser ro'n i'n gweld llygoden."

"Wel, rwyt ti braidd yn drwm ..."

"Dyna ddywedodd Mam yr wythnos diwetha."

Syllodd Jac ar Huw, yn methu credu ei glustiau.

THYMP

THYMP

THYMP

Roedd Dad yn curo ar y wal eto.

"'Ngwas i? Wyt ti'n iawn?" meddai dan beswch

a phoeri.

"Fydda i yno mewn eiliad, Dad."

Brysiodd Jac i ystafell ei dad, a'r siopwr llwfr yn

dynn wrth ei sodlau.

"Huw?" meddai Dad mewn penbleth.

"O, helô, Mr Ifan ..." mwmialodd Huw, gan esgus nad oedd dim byd yn anarferol mewn bod mewn tŷ dieithr yng nghanol nos.

"Gwranda, Huw, os wyt ti yma i nôl dy bres am y papur, dwi wedi esbonio nad oes gen i ..."

Gwenodd Huw. "Mr Ifan, dydw i ddim yma i nôl fy mhres."

"Felly be rwyt ti'n ei wneud yma?"

Edrychodd Huw ar Jac. Edrychodd Dad i'r un cyfeiriad. Yn sydyn, roedd pob llygad yn y tŷ (heblaw am yr un dan y gobennydd) yn syllu ar Jac.

"Wel?" gofynnodd Dad yn bigog. "Mae'n hen bryd i ti ddweud y gwir, 'ngwas i!"

Ochneidiodd Jac. Doedd ganddo fawr o ddewis ond esbonio popeth.

26

Llysnafedd trwchus

Straeon ffantasi oedd arbenigedd Dad, ond roedd o'n cael trafferth credu'r stori hon. Gydag ambell ychwanegiad gan Huw, adroddodd Jac y stori gyfan wrth ei dad ... ymweliad y deintydd â'r ysgol ... past dannedd arbennig 'Mami' ... y lleidr dannedd ... y ras drwy'r dref a'r holl ysgol ar ei ôl ... ac yna cael tynnu ei holl ddannedd. Fedrai Dad ddim credu ei glustiau. Aeth yn goch gan wylltineb pan dynnodd Jac ei ddannedd gosod a'u dangos nhw iddo yng ngolau'r gannwyll.

"Os ca' i afael ar y deintydd 'na ..." gwaeddodd Dad, cyn colli ei wynt yn llwyr a dechrau tagu'n swnllyd.

Cydiodd Jac yn ei dad gan ddweud: "Dyna pam nad o'n i am ddweud dim byd wrthat ti! Do'n i ddim isio torri dy galon di."

Edrychodd Dad yn ddwfn i lygaid ei fab.

"Y ffaith na wnest ti ddweud dim byd wrtha i – hynny sy'n torri fy nghalon i, 'ngwas i. Un tîm ydyn ni – ti a fi."

Nodiodd Jac, a theimlodd ddagrau'n dechrau cronni yn ei lygaid.

"Mi fyddwn i'n gwneud unrhyw beth i ti, 'ngwas i. Marw er dy fwyn di, petai raid ..."

Llifodd deigryn i lawr gruddiau Jac. Roedd Huw yn dechrau crio hyd yn oed, a sychodd ei drwyn yn frysiog â'i lawes.

Cydiodd y ddau ohonyn nhw yn Dad a'i godi i'w gadair. Gwthiodd Jac ei dad i'r ystafell nesaf er mwyn iddo allu gweld y llygad â'i lygaid ei hun.

Roedd y llygad wedi stopio gwingo erbyn hyn, diolch byth, ond roedd hi wedi gadael llwybr brown, llysnafeddog, trwchus ar hyd y gwely. Syllodd y tri ohonyn nhw ar y llygad yng ngolau gwan y gannwyll.

"Y peth rhyfedda," meddai Jac, "ydi 'mod i wedi bod yn effro drwy'r nos, felly sut yn y byd fyddai rhywun wedi gallu newid y dant am y peth afiach yma heb i mi wybod?"

Oedodd Dad i feddwl yn ddwys, cyn dweud:

"Rhaid dy fod ti wedi cysgu am ychydig, 'ngwas i."

"Na," atebodd Jac yn bendant. "Wnes i ddim. Ac mi o'n i'n gwneud yn siŵr drwy'r nos fod y dant yn dal yno. A dweud y gwir, mi wnes i edrych ar y dant ychydig funudau cyn i Huw ddod i'r ystafell, ac roedd o'n dal yno ..."

"Mi wnest ti gau'r ffenest ar ôl i mi ddod i mewn," ychwanegodd Huw.

"Yn syth ar ôl y chwa oer 'na o wynt ..." meddai Jac.

"Ie," cytunodd Huw. "Ac edrychwch – mae hi'n dal wedi'i chloi."

Aeth y lle'n dawel fel y bedd. Yna, torrodd Dad ar draws y tawelwch llethol.

"Felly ... rhaid bod y lleidr yn dal yn y tŷ."

Arhosodd y tri heb symud modfedd.

"A dweud y gwir, mae'n bosib ei fod o'n dal yn y stafell 'ma ..." sibrydodd.

Gwibiodd tair set o lygaid ar hyd yr ystafell. Os oedd hynny'n wir, lle yn y byd roedd y lleidr yn cuddio? Dim ond ystafell fach oedd hi, a dim ond dau ddodrefnyn. Doedd o ddim yn lle da iawn i guddio.

Pwyntiodd Dad â'i lygaid at yr hen wardrob dderw yng nghornel yr ystafell. Mentrodd Jac ar flaenau'i draed tuag ati, gan ddal y gannwyll yn ei law chwith. Gwichiai'r llawr anwastad yn swnllyd, a chododd Dad ei fys at ei geg i ddweud wrth Jac am fod mor dawel â phosib. O fewn dau gam arall roedd Jac yn gallu cyrraedd drws y wardrob. Nodiodd Dad ei ben yn araf i ddweud wrtho am agor y drws. Roedd y cyfan yn ormod i Huw, ac roedd o wedi bod yn cuddio y tu ôl i gadair olwyn Dad ers rhai munudau, a'i lygaid ar gau.

Agorodd Jac y drws yn sydyn. Hedfanodd rhywbeth tuag ato ...

Côt law. Rhaid bod y llawes yn sownd yn y drws.

Ar ôl cael ei wynt ato, gwthiodd Jac rai o'r dillad o'r neilltu, ond doedd dim byd dieflig i'w weld. Wel, dim byd ond hen hosan bêl-droed ddrewllyd. Roedd hi wedi bod yno mor hir roedd hi wedi dechrau melynu.

Arhosodd Huw y tu ôl i gadair olwyn Dad, a'i lygaid yn dal ar gau. Pwniodd Dad fraich y siopwr a neidiodd fel ceffyl gwyllt i'r awyr.

"AAAAAAAAAAA AAAAAAAAAAAAAAAAAAAAA AAAAAAAAAAA!!!!!! gweryrodd.

"Sssshhhh!" meddai Dad, a phwyntio at y gwely.

Pwyntiodd Huw ato'i hun. "Fi?" sisialodd.

Nodiodd Dad. "Ie, ti!"

Ysgydwodd Huw ei ben. Rhoddodd ei ddwy law at ei gilydd i erfyn ar Dad.

Rholiodd Jac ei lygaid. Doedd o erioed wedi gweld y fath beth. Gwthiodd y siopwr llwfr o'r neilltu a mynd at y gwely. Cododd y cynfasau a phlygu i edrych o dan y gwely. Roedd hi'n dywyll ofnadwy ac roedd y gannwyll yn wan, ond doedd dim byd i'w weld. Fel y rhan fwyaf o fechgyn, doedd Jac byth yn clirio o dan ei wely, felly roedd y lle'n llawn o ddarnau Lego coll a thrôns dan gwrlid trwchus o lwch. Ond dim lleidr.

Yna, yn y tywyllwch o dan y gwely, gwelodd Jac ddwy lygad. Dwy lygad yn rhythu ar Jac â golwg ddu, farwol.

"AAAAAAAAAAAA AAAAAAAAAAA!!!!!!"
bloeddiodd Jac.

Daeth chwa arall o wynt iasoer, a diffoddodd y gannwyll. Roedd yr ystafell yn dywyll fel bol buwch. Cododd ffigwr du, sinistr o dan y gwely, a heb oedi i agor y ffenest fe hedfanodd yn syth drwyddi gyda sgrech fyddarol. Roedd yn symud ar gymaint o gyflymder fe saethodd miloedd o ddarnau mân o wydr allan o'r ystafell.

Rhuthrodd Jac tuag at y ffenest. Roedd yn rhaid iddo gael golwg ar bwy neu beth bynnag oedd wedi bod yn cuddio o dan ei wely. Edrychodd allan ar y nos ddu a gwelodd rywbeth yn gwibio ar hyd y ffordd cyn esgyn fel awyren i'r awyr. Dringodd yn uwch ac yn uwch cyn diflannu y tu hwnt i'r cymylau, gan adael dim ar ei ôl ond llwybr o fwg du, trwchus.

Caeodd Jac ei lygaid. Oedd o'n breuddwydio, tybed?

Agorodd ei lygaid eto. Roedd y mwg yn dal yno.

Nid breuddwyd mohoni.

Doedd gan Jac ddim dewis. Roedd yn rhaid iddo gredu.

27

Galw'r heddlu

Doedd PC Plonc ddim yn edrych yn arbennig o hapus ar ôl cael ei lusgo o'i wely yn oriau mân y bore. Roedd o'n dal i wisgo ei byjamas lliwgar, ond roedd o wedi gwisgo ei gap plismon er mwyn ceisio dangos ychydig o awdurdod. Defnyddiodd ei fflachlamp i archwilio'r ffenest yn ystafell Jac. Roedd hi'n deilchion. Archwiliodd bob cornel ohoni, edrychodd ar y miloedd o ddarnau mân o wydr ar lawr, cyn dweud:

"Mae hi wedi torri."

Ochneidiodd Jac. "Tewch â sôn."

Pwyntiodd PC Plonc ei fflachlamp yn syth i lygaid Jac. "Llai o'r agwedd 'na, neu mi fyddi di'n treulio'r noson mewn cell. Taflu sbwriel, gwastraffu amser yr heddlu, a rŵan hyn ... rwyt ti'n lwcus nad ydw i'n dy arestio di y munud 'ma."

Roedd Dad yn prysur golli amynedd â'r heddwas, ac roedd ei anadlu'n mynd yn fwy ac yn fwy trafferthus bob munud. "Gwrandewch, sarjant, mae rhywbeth difrifol iawn wedi digwydd yma heno. Mae rhywun ..."

"... neu rywbeth," ychwanegodd Huw.

"Diolch, Huw ..." meddai Dad, "... neu rywbeth, wedi dod mewn i ystafell fy mab yng nghanol nos, ac wedi gadael y peth erchyll 'na o dan y gobennydd."

Pwyntiodd PC Plonc ei fflachlamp at y llygad ar y gwely, a honno'n dal i sgleinio fel swllt.

"Hmm, dim ond un llygad, ie?"

"Be?!" meddai Jac, yn methu'n lân â chredu cwestiwn yr heddwas.

"Wel, maen nhw'n dod fesul dwy fel arfer," meddai PC Plonc yn amddiffynnol. "Mi fyddai dod o hyd i ddwy lygad yn ofnadwy, ond mae un llygad yn dal yn eitha gwael, am wn i ..."

"Ydi, sarjant. Mae cael llygad o dan y gobennydd yn eitha gwael. Gwael iawn, a dweud y gwir!" atebodd Dad yn flin, cyn dechrau peswch yn galed eto.

"Mae Cari a fi wedi dweud wrthoch chi fod hyn yn digwydd," ychwanegodd Jac. "Rydych chi wedi gweld âch llygaid eich hun rŵan. Dydw i ddim yn dditectif ond dwi'n gwybod bod llygad yn ddarn pwysig o dystiolaeth. Ydych chi am fynd â hi i chwilio am olion bysedd neu i gael prawf DNA?"

"Ydw, ydw ..." atebodd PC Plonc. "Ond na, na ..."

"Na?" gofynnodd Jac.

"Wel," petrusodd yr heddwas, "does gen i ddim bag plastig arbennig i ddal y dystiolaeth. Mi wnes i ddefnyddio'r un olaf i ddal fy mrechdanau, rhag ofn i mi fynd yn llwglyd heno."

"Brensiach y bratiau!" ebychodd Dad.

Estynnodd yr heddwas y brechdanau o'i boced. "Brechdan jam," cyhoeddodd, gan gymryd brathiad. "Mae Mam yn gwneud brechdanau jam bendigedig, ac yn tynnu'r crystyn i mi. Dydw i ddim yn hoffi crystyn."

Ar hynny, poerodd PC Plonc friwsion gwlyb, llawn jam, o'i geg, gan syrthio ar y llygad.

"Wps ..." meddai PC Plonc, yn dal i gnoi. "Oes 'na gling ffilm yn y tŷ er mwyn lapio'r llygad 'ma?"

"Nac oes!" atebodd Jac yn gandryll.

"Hmm. Gadewch i mi feddwl," meddai'r heddwas wrth orffen ei frechdan. "A-ha! Dyna ni. Beth am i chi bostio'r llygad i swyddfa'r heddlu?"

"Postio?!" pesychodd Dad, yn methu credu pa mor wirion oedd y dyn.

"Ie, postio. Rhowch y llygad mewn amlen, rhowch stamp ail ddosbarth ar yr amlen ac mi ddylai gyrraedd erbyn dydd Mawrth ..."

"Ond mi fydd hynny'n rhy hwyr!" llefodd Jac. "Sawl gwaith sydd raid i ni ddweud wrthoch chi?"

"Falle y bydd angen dau neu dri stamp – mae o'n llygad reit drwm ..."

"Edrychwch! Bob nos, mae plant yn rhoi dannedd o dan y gobennydd ac yn deffro i weld rhywbeth ffiaidd fel hyn!" plediodd Jac. "Rhaid i chi wneud rhywbeth!"

"IAWN!" bloeddiodd PC Plonc. "Stamp dosbarth cyntaf, 'te!"

*

Ar ôl i'r heddwas adael y tŷ, ochneidiodd pawb mewn rhyddhad. Gadawodd Huw yn fuan wedyn. Er ei fod yn byw rownd y gornel, mynnodd alw tacsi i fynd ag o gan ei fod yn dal i grynu gan ofn.

Swatiodd Dad a Jac yn y gwely a chysuro ei gilydd. A bod yn onest, roedd Dad wedi dychryn lawn cymaint â Jac. Ond hyd yn oed â braich gynnes Dad yn gafael amdano, allai Jac ddim syrthio i gysgu.

Roedd ei feddwl ar ras, a holl ddigwyddiadau'r noson fel corwynt yn ei ben. Ai'r lleidr dannedd oedd yn gyfrifol am y chwa o wynt iasoer? A beth am y llygaid 'na o dan y gwely? Roedd Jac wedi gweld y llygaid o'r blaen. Llygaid duon, dychrynllyd.

Cyn hir roedd y wawr wedi torri, a golau'r haul yn llifo i mewn i'r ystafell drwy'r tyllau yn y llenni. Tra oedd Dad yn chwyrnu, symudodd Jac ei fraich oddi ar ei ysgwydd a sleifiodd ar flaenau'i draed yn ôl i'w ystafell. Roedd popeth yn yr ystafell wedi'i orchuddio â barrug arian, ac roedd yr ystafell yn rhewllyd o oer gan fod y ffenest wedi chwalu. Mor gyflym ag y medrai, rhoddodd Jac y dannedd gosod yn ôl yn eu lle, a gwisgodd ei gôt. Edrychodd allan drwy'r ffenest. Doedd dim smic i'w glywed. Doedd yr adar ddim wedi dechrau canu. Roedd hi'n dal yn gynnar iawn, a gwyddai Jac mai dyma ei gyfle.

Roedd Dad yn fyr o wynt. Roedd Huw yn fwy o drafferth nag o help, a doedd Jac ddim eisiau peryglu bywyd Cari.

Roedd yn rhaid iddo wynebu'r bwgan ar ei ben ei hun.

28

Allan o'r niwl

Caeodd Jac ddrws y tŷ'n dawel rhag ofn i Dad glywed unrhyw beth, a rhedeg ar hyd strydoedd tawel y dref tuag at syrjeri'r deintydd.

Roedd niwl trwchus, gaeafol yn gorwedd fel cwrlid dros y dref. Cadwai Jac mor agos ag y gallai at y waliau a chuddio yn y cysgodion – doedd o ddim am i neb ei ddilyn. Ychydig cyn cyrraedd y syrjeri safai hen goeden geinciog, a chuddiodd Jac wrth ei bôn, gan sathru ar y dail gwlyb, pydredig. O'r fan honno gallai weld drws y syrjeri. Syllodd arno fel barcud.

Ceisiodd ddarllen yr ysgrifen ar y plac ar y drws:

Miss Fflos
Deintydd

Yn sydyn, clywodd Jac sŵn uwch ei ben. Sŵn tebyg i ru awyren jet. Saethodd ei lygaid i fyny. Gwelodd ffigwr tywyll yn ymffurfio o'r niwl, yn mynd ar wib drwy'r awyr yn bell uwch ben yr

adeiladau ac yn eistedd ar rywbeth tebyg i silindr nwy. Roedd rhywbeth arall yn eistedd ar y cefn hefyd. Ar ôl cylchu'r adeilad, dechreuodd y ddau syrthio'n araf i'r ddaear. Er bod y dref wedi'i gorchuddio â niwl, roedd Jac yn gallu gweld yn glir, a doedd dim amheuaeth pwy oedd yno.

Miss Fflos.

Yn eistedd ar ei silindr nwy.

Sgithrog oedd yn eistedd ar y cefn. Cyn hir, roedden nhw wedi cyrraedd y ddaear.

Gwasgodd y deintydd fotwm ar flaen y silindr, a daeth y ddyfais i stop wrth ddrws y syrjeri. Neidiodd oddi arno'n hollol naturiol, fel petai hi'n neidio oddi ar ei beic.

Dyna sut mae hi'n gallu mynd o le i le drwy'r nos, bob nos! meddyliodd Jac.

Er ei bod hi newydd hedfan drwy'r awyr, roedd Miss Fflos yn edrych yn hollol ddigyffro. Nid yn unig roedd ei dillad hi'n edrych yn daclus, doedd dim blewyn o'i gwallt o'i le chwaith. Llamodd Jac yn ôl am y goeden wrth iddi droi ei phen ac edrych o'i chwmpas rhag ofn bod rhywun wedi'i gweld. Yna, diflannodd drwy ddrws y syrjeri, a'i chath wen ffyddlon yn dynn ar ei sodlau. Roedd hi'n cario'r silindr o dan un fraich a thun metel disglair o dan y llall. Ysgydwai'r tun wrth iddi gerdded. Rhaid ei fod yn llawn o ddannedd plant!

Safai Jac yn gegrwth mewn sioc. **Gwrach ydi hi!** meddyliodd.

Er nad oedd gan Miss Fflos ddillad du, het bigog nac ysgub i hedfan arni, roedd hi'n union fel gwrach fel arall:

CATH ✓
HEDFAN YN Y NOS ✓
DYCHRYNLLYD ✓✓✓

Roedd Cari'n iawn wedi'r cyfan – roedd gwrachod yn fyw ac yn iach. Ac roedd Miss Fflos yn un ohonyn nhw. A rŵan, roedden nhw'n ddeintyddion hefyd.

Yn fuan ar ôl i ddrws y syrjeri gau, dechreuodd y dref fyrlymu gan bobl a thraffig. Yna, o'i guddfan y tu ôl i'r goeden, gwelodd Jac ferch fach â llond pen o wallt yn camu at ddrws y syrjeri. Cari. Yn union fel roedd hi wedi'i ddweud yn yr ysgol ddoe, roedd hi'n mynd i wynebu Miss Fflos ei hun. Ond doedd gan Cari ddim syniad pa fath o erchylltra

oedd yn llechu y tu hwnt i'r drws. Doedd hi ddim
yn gwybod bod Miss Fflos wedi tynnu pob un o
ddannedd Jac. Ar ben hynny, doedd hi ddim wedi
gweld yr holl ffieidd-dra roedd Jac wedi'i weld y

noson honno. Cyn iddo allu gwneud na dweud dim, roedd Cari wedi canu cloch y syrjeri. Ymhen eiliad, agorodd y drws ohono'i hun. Roedd yn rhaid i Jac rybuddio'i ffrind, a hynny'n sydyn.

Llamodd o'i guddfan. Ond fel roedd o ar fin agor ei geg i weiddi, cydiodd rhywun yn ei war a'i godi'n uchel i'r awyr.

29

Cysgu yn y tŷ bach

"Dwi wedi
bod yn chwilio
ym mhobman
amdanat ti, Jac
bach!" meddai
Wini. Roedd
y weithwraig
gymdeithasol
yn cydio yn Jac
gerfydd coler ei
gôt, a phrin roedd
bysedd ei draed yn
cyffwrdd y llawr.

"Gollyngwch fi!" mynnodd Jac yn flin.

"Mae dy dad druan yn poeni'n ofnadwy amdanat ti!" Rhoddodd Wini'r bachgen yn ôl ar ei draed, ond wnaeth hi ddim gollwng ei goler. "Dwi'n mynd â ti'n syth adre!"

"Na, na, na, fedra i ddim mynd adre ..." Dechreuodd Jac deimlo'n euog nad oedd o wedi dweud wrth Dad i ble roedd o'n mynd. Ond roedd o'n argyfwng.

Anadlodd Wini'n ddwfn. "Gwranda, Jac. Does 'na ddim hwyliau da iawn arna i y bore 'ma. Ar ôl dy dric budr di hefo'r losin coffi, mi wnes i orfod cysgu yn y tŷ bach."

Ceisiodd Jac gael gwared â'r ddelwedd ofnadwy oedd newydd ffurfio yn ei ben.

"Gwrandewch, Wini, rhaid i mi fynd i syrjeri'r deintydd ar frys!" plediodd.

"Na, na, na!" meddai Wini'n bendant. "Dwi'n mynd â ti adre y munud 'ma. Wedyn, dwi am fynd i weld y prifathro a'i berswadio i dy ddiarddel di o'r ysgol."

"Dim ots gen i. Rhaid i mi fynd i'r syrjeri RŴAN!"

Edrychodd Wini'n filain ar Jac drwy ei llygaid cul. "Ddoe, roedd yn rhaid i'r holl dref redeg ar dy ôl di er mwyn dy orfodi i fynd yno. Heddiw, rwyt ti'n ysu am gael mynd ..."

"Rhaid i mi fynd ar ôl Cari ..."

"Cariad? Do'n i ddim yn gwybod bod gen ti gariad."

Dychrynodd Jac. "Na, dim cariad – Cari."

"Paid â phoeni, Jac, mae'n hollol naturiol cael cariad," meddai Wini'n nawddoglyd.

"Dydi hi ddim yn gariad i mi!" protestiodd Jac.

"Choelia i fawr ..."

Aeth wyneb Jac yn goch.

"CARI! DIM CARIAD! GWRANDEWCH WIR, DDYNES!"

Aeth Wini'n hollol dawel. Wnaeth hi ddim gweiddi'n ôl.

"Felly, Cari. Pwy ydi hi?"

"Fy ffrind i. Mae hi newydd fynd i mewn i'r syrjeri, ac mae'n rhaid i mi ei rhybuddio hi am y deintydd," atebodd Jac, ychydig yn llai blin.

Ysgydwodd Wini ei phen. "Ond mae Miss Fflos yn ddynes hyfryd. Fyddai hi ddim yn gwneud drwg i neb. Pam wyt ti isio rhybuddio Cari?"

"Mae Miss Fflos yn ..."

"Ie?"

Er bod Jac yn gwybod ei fod o'n dweud y gwir, roedd o'n dal yn teimlo'n wirion yn dweud y fath beth. Ymhen hir a hwyr, magodd yr hyder i orffen ei frawddeg.

"... yn wrach."

Syllodd Wini'n ddifrifol ar Jac am funud. Yna, lledodd gwên ddirmygus ar draws ei hwyneb, cyn troi'n chwerthin afreolus.

"Ha ha! Gwrach?! Ha ha ha ha ha!"

"Ydi," atebodd Jac yn biwis.

"Ha ha ha!" Roedd Wini'n dal i chwerthin. "Gwrach? Chlywais i ddim byd mor wirion yn fy myw!"

"Wel, mae o'n wir!" mynnodd Jac. "Mae hi'n hedfan o gwmpas y dref ar ei silindr nwy ..."

"Ha ha ha!" chwarddodd Wini. "Paid â dweud – mae ganddi hi gath ddu hefyd?!"

"Cath wen, a dweud y gwir. Ond mae hi'n gath ddieflig," atebodd Jac.

"Ha ha ha!" Sychodd Wini ei dagrau o'i llygaid. "Mae Miss Fflos yn aelod parchus o'r gymuned. Ac yn ôl y sôn, mae hi'n ddeintydd ardderchog."

Rhythodd Jac i fyw llygaid Wini.

"Wir? Felly pam ar wyneb y ddaear fyddai hi'n gwneud HYN i mi?"

Agorodd Jac ei geg yn llydan a thynnodd y dannedd gosod o'u lle i ddangos yn union beth roedd Miss Fflos wedi'i wneud. Neidiodd Wini yn ôl mewn braw.

"O na!" sibrydodd. "Miss Fflos wnaeth hyn?"

Rhoddodd Jac ei ddannedd gosod yn ôl yn eu lle cyn ateb. "Ie. Ac mae fy ffrind i yn y syrjeri y munud 'ma."

Edrychodd Wini ar y ffenestri duon. Yn sydyn, clywodd y ddau sŵn dril yn chwyrlïo a sgrech annaearol o'r syrjeri.

"Naaaaa!" bloeddiodd Wini. "Brysia, Jac – does 'na ddim amser i'w golli!"

30

Moesymgrymu

Cydiodd Wini yn llaw Jac a rhuthrodd y ddau i lawr y stryd tuag at y syrjeri. Gan fod Wini'n ddynes fawr, ceisiodd fwrw'r drws ar agor â'i hysgwydd, ond doedd dim yn tycio. Ar ôl y drydedd ymgais, gofynnodd i Jac neidio ar ei chefn er mwyn cael mwy o bwysau.

O'r diwedd, ar ôl y bumed ymgais, roedd y drws yn llydan agored. Syrthiodd y ddau ar eu hwynebau i mewn i'r syrjeri, ond doedd dim amser i lyfu clwyfau, felly sychodd y ddau y llwch oddi ar eu dillad a rhedeg i fyny'r grisiau.

Roedd pigyrnau ac arddyrnau Cari wedi cael eu clymu wrth y gadair, yn union fel roedd Jac wedi cael ei glymu. Roedd Miss Fflos yn plygu dros wyneb Cari â dril mawr, brawychus yn ei llaw. Nid dril trydan mohono ond dril llaw, ac roedd llaw dde Miss Fflos yn troelli'n ffyrnig i wneud i'r ebill droi. Fe fyddai'n fwy addas i wneud twll yn y ddaear yn hytrach nag i wneud twll mewn dant.

"Gadewch lonydd iddi hi!" bloeddiodd Wini.

Er gwaetha'r perygl, fedrai Jac ddim stopio gwenu. O'r diwedd, roedd Wini a Jac yn un tîm.

"Beth ydi hyn?!" ebychodd Miss Fflos.

"Mi ddyweda i eto. Gadewch lonydd iddi hi!" meddai Wini.

Pwyntiodd Miss Fflos y dril tuag at Jac a Wini.

"Camwch yn ôl!" ysgyrnygodd Miss Fflos.

"Gadewch Cari'n rhydd!" erfyniodd Jac.

"Pam?"

"Mi wna i yrru llythyr cas at Gymdeithas y Deintyddion Cymreig ..." atebodd Wini.

"Help!" sgrechiodd Cari, a'i holl gorff yn crynu mewn braw. "Mae hi'n mynd i dynnu pob un o fy nannedd i!"

"Ydw!" crechwenodd Miss Fflos.

Ar hynny fe wenodd y deintydd, gan ddangos ei dannedd gwynnach na gwyn. Cododd ei llaw yn araf a thynnodd ei dannedd o'i cheg. Dannedd gosod oedden nhw wedi'r cyfan. Ar ôl tynnu'r dannedd gosod, gallai pawb weld beth oedd ar ôl.

Set filain o ddannedd pigog, brawychus.

Roedd pob un ohonyn nhw'n fwy pigog, yn fwy garw ac yn fwy gwaedlyd na'r un dant a welodd Jac erioed. Roedden nhw'n edrych yn fwy fel dannedd deinasor na dannedd dynes.

"All neb fy stopio i!" bloeddiodd y deintydd. "Rhaid i chi foesymgrymu wrth fy nhraed. Y fi ydi'r

Wrach Ddanheddog!"

31

Swingio cath

Camodd Jac o'r tu ôl i Wini ac aeth yr ochr draw i
Miss Fflos. Roedd y deintydd dieflig yn chwifio'r
dril i bob cyfeiriad wrth iddi geisio atal y ddau rhag
dod yn nes.

O'r cabinet y tu ôl iddo, cydiodd Jac mewn
tiwb o bast dannedd Mami. Llamodd Sgithrog i

ben y cownter a thaflu ei hun at Jac, gan lanio ar ei ben. Ond fedrai'r gath ddim stopio Jac rhag chwistrellu'r past dannedd ar wyneb y wrach. Aeth y rhan fwyaf ar ei gwallt a dechreuodd hwnnw losgi'n golsyn, ond syrthiodd ambell ddiferyn ar ei llygaid duon, dyfnion, a disgynnodd ar ei gliniau mewn poen.

Syrthiodd y dril o ddwylo Miss Fflos, a dawnsiodd y teclyn creulon ar y llawr fel neidr yn gwingo. Rhuthrodd Wini at y gadair a cheisio datod y cyffion metel oedd yn clymu Cari wrth y gadair. Ar hynny, neidiodd y gath grafangog oddi ar ben Jac gan anelu at Wini. Plannodd un o'i hewinedd yng ngwddw Wini nes roedd y gwaed yn llifo'n goch i lawr ei chorff.

"HHHhhhhhh IIIIIIIIIISSSSSSSSSSS SSSSSS!!!!!!!!" hisiodd yr anifail.

"Aaaa!" sgrechiodd Wini. "Ac mae gen i alergedd i gathod!"

Heb oedi eiliad, cydiodd Jac yn dynn yng nghynffon denau Sgithrog, a'i thynnu oddi ar gorff Wini â'i holl nerth.

Roedd Jac wedi pendroni ambell dro o ble y daeth yr ymadrodd 'digon o le i swingio cath'.

Roedd o'n gwybod yn iawn bellach, ac yntau'n swingio Sgithrog o gwmpas yr ystafell gerfydd ei chynffon, a'i phen hi o fewn dim i daro'r gadair, y cypyrddau a'r waliau.

Ar ôl swingio Sgithrog rownd a rownd, y peth naturiol i'w wneud oedd ei gollwng.

A dyna wnaeth o.

Hedfanodd Sgithrog drwy'r awyr ar hyd yr ystafell, gan hisian yn wallgof. Glaniodd gyda **CHLEC** ar droli Miss Fflos.

CCCCCCRRRRRRRRRR RRRRRRRAAAAAAA AASSSHHHHHH!!!!!!!!

Gwasgarodd holl declynnau gwaedlyd Miss Fflos ar hyd y llawr.

"Da rŵan!" meddai Cari.

"Diolch," meddai Jac.

Tra oedd Wini ar y llawr yn anwesu'r briw ar ei gwddw, a Miss Fflos yn ceisio sychu'r diferyn olaf o bast dannedd o'i gwallt, chwiliodd Jac yn sydyn am y botwm i ryddhau Cari o'r gadair.

"Ti oedd yn iawn," meddai Jac, allan o wynt. "Gwrach ydi hi!"

"Duwcs," meddai Cari'n goeglyd. "Ti'n meddwl ...?"

Ond doedd gan Jac ddim amser ar gyfer coegni Cari. "Taw! Wyt ti isio i mi dy achub di neu beidio?"

"Yym, ydw, plis," atebodd Cari'n betrus, cyn gwenu'n dyner ar Jac. "Y botwm yna ydi o!"

"O ie, wrth gwrs," meddai Jac. Estynnodd yn frysiog am y botwm y tu ôl i'r gadair a'i wasgu'n galed. Ar hynny, datododd y cyffion ac roedd Cari'n rhydd. Fel marchog arwrol, ceisiodd Jac afael yn Cari a'i chodi'n uchel i'r awyr, ond doedd gan Cari ddim amynedd â'r fath nonsens.

"Gad lonydd i mi!" meddai Cari'n biwis. Doedd hi ddim yn ferch ferchetaidd o gwbl, a doedd arni ddim angen help gan rywun fel Jac. Cododd ar ei thraed a phwyntio at y drws.

"Rhaid i ni fynd!" meddai.

Ond y tu ôl iddyn nhw, ar ôl sychu pob diferyn o'r past o'i llygaid, cododd y wrach yn araf ar ei thraed. Wrth godi, gafaelodd yn un o'r teclynnau marwol oddi ar y llawr. Roedd gan hwnnw fachyn hir, miniog a phigog ar y pen. Estynnodd ei llaw arall am Cari, cydiodd fel gefail yn ei gwallt a'i thynnu tuag ati, gan ddal y teclyn miniog yn dynn yn erbyn ei gwddw.

"Un cam arall, ac mae dy gariad di'n marw."

Rhewodd Cari a Jac yn yr unfan. Ond allai Jac mo'i atal ei hun rhag dweud:

"A dweud y gwir, dydi hi ddim yn gariad i mi ..."

"Nac ydw!" cytunodd Cari, a'r teclyn bron â

thorri drwy ei chroen. "Pam fyddwn i isio bod yn gariad i rywun fel Jac?"

"Wel, fyddwn i byth, byth am fod yn gariad iddi hi!" atebodd Jac, yn swnio wedi'i frifo braidd gan eiriau Cari.

"Petai Jac y bachgen olaf ar wyneb daear, fyddwn i ddim am fod yn gariad iddo fo!"

"Nid dyma'r amser!" gwaeddodd y wrach. Llusgodd Cari gerfydd ei gwallt tuag at y silindr nwy metel yng nghornel yr ystafell, a dringodd ar ei ben, gan osod Cari o'i blaen, a hithau'n sgrechian ac yn cicio. Yna, plygodd y wrach yn ôl a gwasgu'r botwm ar flaen y silindr. Wrth i'r silindr ddechrau symud, llamodd Sgithrog ar y cefn, a saethodd y silindr ymaith fel roced. Gwibiodd y tri ohonyn nhw drwy'r ffenest dywyll, a brysiodd Jac ati a'u gwylio'n diflannu i fyny i'r awyr, gan adael llwybr o fwg trwchus ar eu hôl.

"Brysiwch, Wini!" bloeddiodd Jac. "Rhaid i ni achub Cari!"

Rhuthrodd y ddau i lawr y grisiau cyn neidio ar sgwter Wini. Cadwodd Jac ei lygaid ar y llwybr o fwg du yn yr awyr, gan ddweud wrth Wini pa ffordd i fynd. Sgrialodd y ddau drwy'r dref, i

lawr y strydoedd cul, drwy erddi preifat, drwy archfarchnadoedd, hyd yn oed. Roedd Mrs Williams druan wedi piciad i'r archfarchnad i nôl tun o ffa pob, ond plymiodd i ganol y rhewgell wrth osgoi'r sgwter a oedd yn dod tuag ati ar wib.

"Sorri, Mrs Wilias!" gwaeddodd Wini.

Wrth i'r ddau rasio drwy'r maes parcio, gwasgodd Wini'r sbardun i'r pen.

"Dal dy afael, Jac!" meddai Wini wrth weld y llwybr o fwg yn ailymddangos uwch eu pennau. Roedd yn edrych fel petai wedi dod i stop wrth gopa'r bryn, ond wrth iddyn nhw gyrraedd y copa, stopiodd y sgwter am funud.

"Edrychwch!" gwaeddodd Jac. "Mae'r wrach wedi mynd â Cari i mewn i'r pwll glo ..."

"O na," meddai Wini. "Does 'na ddim ffordd i lawr ..."

32

Dyfnderoedd pell

Ers blynyddoedd lawer, doedd neb wedi gweithio yn y pwll glo. Safai'r pwll yno'n hyll ac yn ddigariad, ac er mwyn atal tresmaswyr roedd ffens weiren bigog anferth yn ei amgylchynu, ac arwyddion blin yn edrych fel petaen nhw'n gweiddi:

Ond gwyddai Jac am dwll bychan yn y ffens. Roedd plant hŷn yr ysgol yn sôn amdano'n aml gan ei fod yn rhywle i fynd fin nos i yfed, ysmygu a chusanu, ymhell o olwg eu rhieni.

Doedd y twll yn y ffens ddim yn ddigon mawr i Wini allu sleifio drwyddo, ond wnaeth hi ddim sylweddoli hynny nes roedd hi'n rhy hwyr. Ceisiodd Wini ei gwthio'i hun o flaen Jac drwy'r twll, ond aeth ei dillad yn sownd yn ymylon pigog y weiren.

"Help, Jac – dwi'n sownd!" llefodd.

Edrychodd Jac ar yr olygfa o'i flaen. Doedd Wini ddim yn edrych ar ei gorau, rhaid dweud ...

"Be fedra i ei wneud?"

"Gwthio!" mynnodd Wini.

Edrychodd Jac ar y pen-ôl swmpus o'i flaen.

"Gwthio be?" gofynnodd yn ddiniwed.

"Fy mhen-ôl i!"

Yn anfodlon, rhoddodd Jac ei ddwylo ar ben-ôl sylweddol Wini.

"GWTHIA!" gwaeddodd.

Gan ddefnyddio'i holl nerth, gwthiodd Jac ben-
ôl y weithwraig gymdeithasol, a'i draed yn llithro
ar y mwd gwlyb wrth y ffens. Ond symudodd

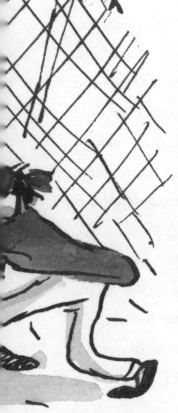

dim byd. Anadlodd yn ddwfn
cyn ceisio eto, ond doedd dim yn
tycio. Roedd fel ceisio gwthio car.
Ymhen hir a hwyr, a Jac yn laddar
o chwys, roedd Wini drwy'r twll.

Ond doedd ei dillad hi ddim.

Roedd y siaced amryliw, y top
a'r legins wedi bachu ar y weiren,
ond wnaeth Wini ddim deall am
funud neu ddau nad oedd hi'n
gwisgo dim byd ond ei dillad
isaf. "Mae 'na ias oer wedi dod o
rywle ..." mwmialodd wrthi'i hun
wrth stryffaglu ar ei thraed. Yna,
edrychodd i lawr, a gwelodd ei
bra a'i nicars. Hwnnw oedd y bra

mwyaf i Jac erioed ei weld. Roedd o'n oren llachar ac yn ddigon mawr i ddal dwy bêl-droed yn hawdd, a'i nicars pinc llachar yn edrych fel pafiliwn eisteddfod.

"O mam bach!" sibrydodd Wini. Cochodd at ei chlustiau mewn cywilydd. Mewn eiliad, tynnodd Jac ei dillad yn rhydd o'r weiren a'u cynnig i Wini, gan droi ei ben i beidio â gorfod edrych ar yr olygfa druenus.

"O, diolch, Jac," meddai Wini, gan fachu'r dillad toredig o'i ddwylo. Gallai Jac glywed Wini'n mwmial ac yn rhegi wrthi'i hun wrth iddi stryffaglu i gael ei dillad yn ôl amdani. Ar ôl i'r mwmial stopio, mentrodd Jac droi ei ben eto.

Ochneidiodd Wini mewn rhyddhad, cyn dweud: "Dim gair am hyn wrth neb, iawn?"

"Iawn siŵr, Wini!" meddai Jac, er nad oedd o'n hollol siŵr y byddai o'n gallu cadw'n dawel am byth, chwaith.

"Bra oren a nicars pinc – ddim yn matsio o gwbl!" meddai Wini. "Sôn am gywilydd!"

O'r fan lle roedden nhw'n sefyll, gallai Jac a Wini weld bod y llwybr o fwg du'n dod i ben yn union wrth fynedfa'r pwll glo. Wrth y fynedfa roedd 'na gawell metel anferth ac yn y cawell roedd 'na lifft. Yn y lifft hwnnw roedd Dad a'i ffrindiau a'r holl genedlaethau o'u blaenau wedi cael eu gostwng i ddyfnderoedd pell y pwll glo, flynyddoedd maith yn ôl. Gannoedd o lathenni o dan ddaear, yn y twneli tywyll, myglyd, byddai'r dynion yn cloddio'r ffas. Glo oedd prif ffynhonnell ynni'r wlad bryd hynny. Felly, am oriau maith drwy'r dydd, bob dydd, byddai Dad a'i debyg yn gweithio, yn drilio ac yn ceibio er mwyn cael y glo i'r wyneb. Dyna sut yr aeth yr holl lwch a'r budreddi i ysgyfaint Dad, gan gael effaith ofnadwy ar ei anadlu ac ar ei iechyd. Roedd y llwch fel cacen yn ei gorff.

"Rhaid bod y wrach wedi mynd â Cari i mewn i'r pwll," meddai Jac wrth i'r ddau ohonyn nhw ruthro ar hyd y rwbel tuag at y fynedfa. "Dim ond un ffordd i lawr sydd 'na, yn ôl Dad – y lifft. Rhaid i ni fynd ar ei hôl hi ..."

Gafaelodd Wini yn llaw Jac er mwyn ei sadio. Doedd hi ddim yn hawdd rhedeg ar draws tir mor anwastad mewn esgidiau uchel. "Na, Jac. Chei di ddim mynd."

"Be?!" ebychodd Jac. Allai o ddim credu ei glustiau.

"Hen bwll glo gwag!" atebodd Wini. "Na, na, na. Mae'n llawer rhy beryglus. Fel gweithwraig gymdeithasol, dwi'n gyfrifol amdanat ti ..."

Roedd Jac yn gandryll. Roedden nhw wedi

cyrraedd yr holl ffordd at fynedfa'r pwll. "Ond pwy a ŵyr be wnaiff y wrach i Cari?"

Rhoddodd ei law ar hen fotymau'r lifft, gan rwbio'r degawdau o faw oddi arnyn nhw. Roedd o'n chwilio am fotwm er mwyn dod â'r lifft i fyny i'r wyneb.

"Gad lonydd i hwn'na!" gorchmynnodd Wini. "Y munud 'ma!"

Fel y rhan fwyaf o blant anufudd, fe wnaeth Jac esgus nad oedd o wedi clywed yr un gair. Ymhen hir a hwyr, daeth o hyd i fotwm mawr gwyrdd. Rhaid bod hwnnw'n rheoli'r lifft. Gwthiodd y botwm, a'i wthio eto, ond ddigwyddodd dim byd. Rhaid bod y trydan wedi'i ddiffodd ers blynyddoedd, meddyliodd Jac.

"Ti'n gweld?!" meddai Wini. "Does dim ffordd i lawr. Y peth gorau i'w wneud ydi ffonio'r heddlu ac aros yma amdanyn nhw ..." Ymbalfalodd yn ei bag llaw gwyrdd am ei ffôn fach.

"Ond dydi PC Plonc ddim yn dda i ddim byd!" protestiodd Jac. "Does 'na ddim amser i'w wastraffu."

Â'i holl nerth, agorodd Jac y drws mawr, rhydlyd a arweiniai at y lifft. Syllodd i lawr ar y tywyllwch. Pa mor ddwfn oedd y twll? Degau o lathenni? Cannoedd o lathenni? Milltiroedd, efallai ...

Yna, cafodd syniad. Cydiodd mewn darn o lo oddi ar y llawr, a'i daflu i mewn i'r twll nes iddo ei glywed yn taro'r gwaelod. Cyfrodd yr eiliadau nes clywed y glec:

Un, dau, tri, pedwar, pump, chwech, saith, wyth, naw, deg, un ar ddeg ...

Cannoedd o lathenni, meddyliodd.

"Tyrd oddi wrth yr ymyl 'na, Jac!" gwaeddodd Wini, gan dynnu'n galed ar ei lawes. Ysgydwodd Jac ei hun yn rhydd, a chamodd yn ôl i ddiogelwch.

"O, diolch byth," ochneidiodd Wini mewn rhyddhad. Wyddai hi ddim mai paratoi i redeg roedd Jac. Tra oedd hi'n brysur yn deialu rhif PC Plonc ar ei ffôn, rhwygodd Jac ychydig o ddefnydd o leinin ei bocedi i'w ddefnyddio fel menig.

"Mae'r ffôn yn canu ..." meddai Wini, gan ddal y ffôn at ei chlust.

Yn sydyn, rhedodd Jac nerth ei draed at y twll. Llamodd at y cebl metel trwchus oedd yn dal y lifft. Roedd o'n fwy llithrig nag roedd Jac wedi meddwl. Dechreuodd Jac banicio wrth iddo fethu cael gafael ar y cebl, ac roedd yn llithro i lawr y cebl ar gyflymder dychrynllyd. Am funud, roedd o'n meddwl bod ei fywyd ar ben.

"Aaaaaaaaaaaaaaaaaaa!!!!!!!!" bloeddiodd Jac.

"Naaaaaaaa!!!!!!!" sgrechiodd Wini.

Fel mellten o sydyn, lapiodd Jac ei goesau am y cebl a'u gwasgu'n dynn. Arafodd ei gwymp. Yna, stopiodd yn stond. Diolch byth. Gan ddefnyddio'i ddwylo, gollyngodd ei hun fesul tipyn i lawr y cebl ac i mewn i'r pwll.

"Tyrd yn ôl!" gwaeddodd Wini, a'i llais yn atseinio'n aflafar ar hyd y twll.

Roedd hi'n rhy hwyr. Roedd Jac wedi diflannu i'r dyfnderoedd pell islaw.

33

Eglwys ddanheddog

Uwch ei ben, gallai Jac weld y sgwâr o olau dydd yn mynd yn llai ac yn llai. Wrth iddo lithro'n bellach i lawr y twll, doedd dim ond llygedyn bach o olau i'w weld. Roedd o gannoedd ar gannoedd o lathenni o dan ddaear, a chyhyrau ei freichiau'n blino'n gyflym.

Doedd 'na ddim ffordd yn y byd iddo ddringo yn ôl i'r top. I lawr oedd yr unig ffordd. Ymhen hir a hwyr, cyffyrddodd ei draed â rhywbeth, ond allai Jac ddim gweld beth oedd o gan ei bod hi mor dywyll. Roedd hi'n dduach na du ar waelod y pwll.

Dyma pa mor dywyll oedd hi ...

Er ei bod hi fel y fagddu, dyfalodd Jac ei fod wedi glanio ar ben y lifft. Rhaid ei fod o wedi cael ei adael i rydu ac i bydru fel pob dim arall yn y pwll. Curodd ei draed ar lawr, ac roedd y sŵn metel o dan ei draed yn cadarnhau bod Jac yn iawn – y lifft oedd yno. Ymbalfalodd â'i ddwylo yn y tywyllwch, a daeth o hyd i ddrws bychan yn nho'r lifft wrth ei draed. Agorodd y drws a neidio i mewn i'r lifft rhydlyd, cyn agor prif ddrws y lifft. Sylwodd Jac ar lygedyn bychan o olau melyn yn y pellter, a gallai weld ambell linell aneglur ymysg y cysgodion.

Camodd Jac allan o'r lifft a theimlodd y llawr carreg oer o dan ei draed. Roedd yn sefyll yn un o'r cannoedd o dwneli yn y pwll, ac roedd cledrau trên yn rhedeg ar hyd pob un – milltiroedd ar filltiroedd o gledrau. Byddai'r glowyr yn arfer teithio ar y trenau o'r lifft i wneud eu gwaith, a gyrru'r glo yn ôl ar hyd y cledrau at y lifft er mwyn iddo gyrraedd yr wyneb. Ond â'r holl le'n wag, heb enaid byw o gwmpas, edrychai'n debyg i drên ysbrydion.

Ym mhen draw'r twnnel, roedd y golau'n dawnsio ar y waliau gan greu cysgodion sinistr. Camodd Jac tuag at y golau'n araf ac yn dawel, ac wrth iddo fynd yn nes deallodd nad golau trydan oedd o, ond golau cannwyll. O'r diwedd, cyrhaeddodd ben y twnnel, a gwelodd fod yr agoriad bach yn arwain at ogof fawr, olau. Syllodd i mewn iddi.

Doedd Jac ddim yn disgwyl hyn. Roedd yr ogof yn anferth, ac roedd hi'n edrych fel petai hi'n ymestyn am byth. Roedd miloedd ar filoedd o ganhwyllau'n goleuo'r lle.

Ar yr olwg gyntaf, doedd dim golwg o Cari, y wrach na'r gath. Yng nghanol yr ogof roedd bwrdd anhygoel o hir, ond doedd 'na ddim cadeiriau wrtho. Roedd o'n wyn, ac yn edrych yn fwy fel allor

mewn eglwys nag fel bwrdd cyffredin. Gallai Jac
weld plât a nifer fawr o ffiolau gwin yn addurno'r
bwrdd, a phob un ohonyn nhw'n wyn. Roedd 'na
siandelïer enfawr yn crogi o'r to yn dal cannoedd
o ganhwyllau gwynion, ac ar y waliau roedd
'na batrymau mosaig yn edrych fel llythrennau

hynafol, neu ryw fath o wyddor gudd. Roedd Jac
wedi gweld pethau tebyg o'r enw hieroglyffau
mewn lluniau o byramidiau'r Aifft. Ar un ochr
yr ogof safai gorsedd wen drawiadol. Edrychai'n
ddigon mawr i fod yn gadair cawr, a'i chefn yn
cyrraedd nenfwd yr ogof.

Ai rhyw fath o deml oedd hi?

Neu eglwys gadeiriol?

Camodd Jac i mewn i'r ogof yn betrus. Roedd yn rhaid iddo ddod o hyd i Cari, a dianc cyn gynted â phosib. Rhedodd ei fysedd ar hyd y patrymau mosaig i chwilio am ddrysau cudd, a sylwodd fod yr arwyneb yn syndod o bigog. Gwingodd wrth iddo redeg ei fys ar hyd un darn arbennig o finiog, ond llwyddodd i'w stopio'i hun rhag gweiddi pan welodd y gwaed yn dechrau llifo.

Â'r gwaed yn diferu oddi ar ei law, penliniodd Jac yn ofalus wrth y bwrdd hir ac edrych o dano. Edrychodd yn agosach ar y bwrdd, a sylwodd fod yr wyneb wedi'i wneud o filoedd o ddarnau bach. Beth oedden nhw? Cyffyrddodd y bwrdd yn dyner – fel y mosaig, roedd yn anwastad ac yn finiog. Cododd un o'r ffiolau gwin at ei wyneb a syllu arni'n ofalus. Roedd hon hefyd wedi'i gwneud o filoedd o ddarnau mân. Yn sydyn, deallodd beth oedden nhw.

Dannedd.

Gollyngodd Jac y ffiol mewn braw, a syrthiodd yn ddarnau mân ar y llawr. Plygodd i edrych ar rai o'r darnau. Dannedd. Dannedd plant. Yn union fel pob dim arall yn yr ogof – y bwrdd, yr orsedd, y siandelïer, y ffiol. Roedd pob dim wedi'i wneud o ddannedd.

Roedd Jac eisiau sgrechian, ond rhoddodd ei law dros ei geg mewn pryd. Faint o blant y dref oedd wedi gorfod dioddef er mwyn i'r wrach allu addurno ei hogof? Miloedd. Degau o filoedd, efallai. Dros nifer o flynyddoedd. Ac roedd Jac yn un ohonyn nhw.

Syllodd Jac ar gornel dywyllaf yr ogof. Yn y cysgodion roedd 'na grochan mawr, du, mor llydan â phwll padlo ond yn llawer dyfnach. Mentrodd ar flaenau'i draed tuag ato a gweld ei fod yn llawn llysnafedd melyn, trwchus, drewllyd. Roedd tân chwilboeth o dan y crochan. Rhaid bod y wrach yn gwneud cymysgedd arall o'i phast dannedd dieflig.

Yn sydyn, gwelodd Jac rywbeth yn symud yn y cysgodion ac edrychodd i fyny. Yn union uwch ben y crochan roedd merch wedi'i chadwyno i'r to â chadwyn wedi'i gwneud o ddannedd. "Cari ...?" mentrodd Jac.

"Jac?! Ti sydd yna?" sibrydodd Cari. "Do'n i ddim yn gallu dy weld di yn y tywyllwch. Ro'n i'n meddwl bod y wrach wedi dod yn ôl."

"Na, fi sy yma!" meddai, gan ddod yn nes at Cari. "Dwi yma i dy achub di!"

"Wel hen bryd!" meddai'n bigog.

"Sorri, ond ..." mwmialodd Jac, yn methu credu pa mor goeglyd oedd Cari. "Gwranda, wyt ti isio i mi dy achub di neu beidio?"

"Shh!" sisialodd Cari. "Bydda'n dawel. Dydi'r wrach ddim yn bell."

"Ocê, ocê," atebodd Jac yn ddistaw. "Sut fedra i dy gael di i lawr?"

"Fedri di lusgo'r orsedd 'na yma?" gofynnodd Cari.

"Mae hi'n edrych yn drwm ..."

"Wel, roedd y wrach yn gallu gwneud."

"Oedd, ond mae hi'n wrach ac mae ganddi hi bwerau hudol," mynnodd Jac yn amddiffynnol.

Syllodd Cari'n flin ar Jac, a deallodd Jac nad oedd pwrpas dadlau. Ymlusgodd Jac tuag at yr orsedd. Yn gyntaf, ceisiodd ysgwyd yr orsedd o ochr i ochr, ond doedd hi ddim yn symud modfedd. Yna, ceisiodd ei symud gan ddefnyddio'i ysgwydd. Ond eto, dim byd.

RYSÁIT PAST DANNEDD ARBENNIG MAMI:

CHWD CATH

BLEW TRWYN

BAW TRWYN YSTLUM

CWYR CLUST HEN DDYN

LLYSNAFEDD MALWEN

CYNFFON DAFAD

COESAU PRY COPYN

BAW NEIDR

FFLWFF BOTWM BOL

WYAU CHWILEN DDU

CHWYS HEN WREIGAN

MADFALL WEDI'I BERWI

SUDD GWLITHEN

BAW CWNINGEN

CAWS TROED

POER LLYFFANT

CRACHEN SYCH

LOSIN COFFI

"Dwi am fynd at geg y twll i chwilio am help," meddai Jac. "Paid â symud o fan'na ..."

Rholiodd Cari ei llygaid. Sut fedrai hi symud?

Camodd Jac ar flaenau'i draed yn ôl at geg y twll. Ond yna, sgrechiodd nerth esgyrn ei ben.

"AAAAA
AAAAAA
AAAAAA
AAAAAAAAAAAA
AAAAAAAAAAAA
AAAAAAAAAAAA
AAAAAAAAAAA!!!!!!!!"

Roedd llygaid duon y wrach yn syllu'n syth i mewn i'w lygaid o. Ond roedd ei hwyneb â'i ben i waered. Am funud, roedd Jac wedi ffwndro a doedd o ddim yn gwybod lle roedd o, ond yna edrychodd i fyny a gwelodd ei bod hi'n hongian o'r to fel ystlum. Roedd hi'n dal Sgithrog yn ei breichiau, a hisiai'r gath arno'n ffyrnig.

Yn ei llais tawel, awdurdodol, dywedodd:

"Rŵan, bydda'n fachgen bach da, Jac. Tyrd at Mami ..."

34

Syllu ar yr awyr

"Ro'n i'n gwybod y byddet ti'n dod ar ein holau ni," meddai'r wrach yn falch. Tra oedd hi'n siarad, lapiodd Sgithrog ei chynffon am goesau ei pherchennog. "Roedd yn rhaid i ti achub dy gariad annwyl."

"Dwi wedi dweud sawl gwaith. Dim hi ydi fy nghariad i!" atebodd Jac.

Roedd Jac hefyd wedi'i gadwyno i'r to bellach, wrth ymyl Cari. Roedd rhaff ddanheddog wedi'i chlymu am ei bigyrnau a'i arddyrnau, ac roedd hi'n cnoi i mewn i'w groen. Roedd o fel petai'r wrach yn bry copyn, a Jac a Cari'n ddim byd ond pryfed yn sownd yn ei gwe hi. Wrth gwrs, dydi pryfed cop

ddim ar frys i fwyta eu hysglyfaeth. Maen nhw'n
eu gwylio nhw'n dioddef. A doedd y wrach ddim
yn wahanol.

"Llongyfarchiadau ar dy gynllun gwych i fy

achub i ..." meddai Cari'n goeglyd.

"Ti'n gweld, Cari, dyna pam na fyddwn i byth yn medru bod yn gariad i ti!" atebodd Jac. "Rwyt ti'n eitha del, ond bobol bach, rwyt ti'n boen!"

"Ti ydi'r un sy'n boen," protestiodd Cari.

"Tawelwch, y ddau ohonoch chi!" mynnodd y wrach. "Rydych chi'ch dau'n boen. Yn amharu ar fy nghynllun i ddwyn ddannedd pob un o blant y dref."

"Cyn i chi ein berwi ni, neu be bynnag," meddai Cari, "mi fyddwn i'n hoffi gwybod ..."

"Ie, Cari annwyl?" ysgyrnygodd y wrach.

"Beth ydi Gwrach Ddanheddog?" gofynnodd y ferch.

"Ie. Dywedwch wrthon ni," cytunodd Jac. "Dangoswch eich bod chi'n wrach go iawn."

"Ha!" chwarddodd y wrach. "Faint ydi dy oed di, fachgen? Un ar ddeg?"

"Na, dwi'n ddeuddeg," atebodd Jac yn biwis.

"Rwyt ti'n edrych yn iau."

"Mae o'n eitha byr am ei oed," cytunodd Cari.

"A dweud y gwir, dwi'n ddeuddeg a hanner, bron yn dair ar ddeg," meddai Jac yn frathog.

"Wel, mae plant dy oed di, deuddeg, tair ar ddeg, yn meddwl eu bod nhw'n gwybod y cyfan," meddai'r wrach. "Maen nhw'n meddwl eu bod nhw'n rhy hen i gredu mewn chwedlau a straeon hud. Dydych chi ddim eisiau credu ynddyn nhw. Dyna pam mai plant fel chi ydi'r rhai hawsaf i'w twyllo."

"Iawn, iawn ..." meddai Jac. "Ond be sy mor arbennig am ddannedd?"

Goleuodd llygaid duon y wrach. "Dwi'n ysu amdanyn nhw. Fel mae pobl eraill yn ysu am arian neu ddiemwntau. Dwi wedi'u casglu nhw ers canrifoedd, o bob cwr o'r byd, gan symud o le i le. Rŵan, dwi wedi setlo yma, a wna i ddim symud nes bydd dannedd holl blant y dref yn eiddo i mi!"

"Rydych chi'n wallgo!" gwaeddodd Cari.

"Taw, Cari!" rhybuddiodd Jac.

Aeth llygaid y wrach yn gul. "Os ydi ysu am ddannedd yn 'wallgo', pam nad wyt ti'n galw'r Tylwyth Teg yn wallgo?"

"Ond dydi'r Tylwyth Teg ddim yn bodoli!" protestiodd Jac.

Gwenodd y wrach. "O ydyn, maen nhw. Hen snichod bach annifyr sy'n hedfan o gwmpas y lle. Dwi'n meddwl fy mod i wedi llwyddo i ddal y

rhan fwyaf ohonyn nhw
yn y dref 'ma. Maen
nhw'n fwyd blasus
ar gyfer Sgithrog ..."

Llyfodd y gath ei
gweflau.

Crynodd Jac. "Ond pam rydych chi angen
cymaint o ddannedd?" gofynnodd.

"Er mwyn gallu adeiladu fy ogof. Rydw i angen
mwy a mwy bob dydd. Mae gen i gynlluniau
mawr ..." Roedd y wrach yn ymddangos yn llawn
brwdfrydedd. "Welwch chi'r wal yna?"

Nodiodd y ddau.

"Wel, dwi am ddymchwel y wal ac adeiladu
estyniad er mwyn cael lle mawr, agored i fyw ..."

Edrychodd Cari a Jac ar ei gilydd. Doedden
nhw ddim yn gallu credu eu bod nhw wedi cael
eu cadwyno i do'r ogof yn gwrando ar gynlluniau
diflas y wrach i adeiladu estyniad i'w chartref.

"Mae casglu'r dannedd wedi dod yn haws dros y blynyddoedd," ychwanegodd y wrach. "Ers talwm, roedd gwrachod fel fi'n cael eu dal, eu boddi mewn afonydd neu eu llosgi'n fyw. Ond dydi plant y dyddiau hyn ddim yn credu mewn hud a lledrith. Maen nhw'n gwylio'r teledu neu'n chwarae gemau cyfrifiadur drwy'r dydd. Dydyn nhw byth yn syllu ar yr awyr. Petaen nhw'n gwneud hynny, mi fydden nhw'n gweld Sgithrog a fi'n hedfan drwy'r awyr yn y nos, yn mynd o dŷ i dŷ. Mae Sgithrog yn gallu arogli dant ffres o filltiroedd i ffwrdd ..."

Hisiodd y gath i gytuno.

"Yna, rydyn ni'n hedfan at y ffenest, yn sleifio drwyddi heb ddim smic ac yn dwyn y dant ..."

"Ond pam mae'n rhaid gadael y pethau erchyll 'na ar ôl?" gofynnodd Cari.

Gwenodd y wrach. Roedd ei dannedd miniog hi'n disgleirio yng ngolau'r canhwyllau.

"Y rheswm, Cari fach, ydi fy mod i'n ddieflig. Yn hollol, hollol ddieflig. Mae hynny'n gymaint o hwyl! Dwi'n mynd i lawer o ymdrech i baratoi'r anrhegion ar gyfer y plant. Dod o hyd i'r chwilod mwyaf, bwrw llyffantod â morthwyl, cadw llygaid moch yn gynnes fel eu bod nhw'n dal i wingo ..."

"Rydych chi'n ffiaidd!" gwaeddodd Jac yn gandryll.

"Diolch," atebodd y wrach. "Ac yn afiach hefyd. Rŵan, er fy mod i'n mwynhau eich cwmni chi, mae'r sgwrs yn dechrau mynd yn ddiflas ..."

Llyncodd Cari a Jac eu poer ar unwaith. "Beth rydych chi'n mynd i'w wneud?" mentrodd Cari.

"Dyma'r crochan rydw i'n ei ddefnyddio i greu past dannedd arbennig Mami ..."

"Mae o'n gallu toddi drwy garreg!" meddai Jac.

"Ydi, mae'r asid yn y cymysgedd yn gallu dinistrio unrhyw beth. Petawn i'n eich rhoi chi ynddo fo am yr hyd cywir o amser ..."

"Beth?!" gofynnodd Cari mewn braw.

"... fe fydd yn tynnu'r cnawd oddi arnoch chi." Roedd y wrach yn cael blas ar ynganu'r geiriau mor araf ac mor greulon ag y medrai. "Yna, y cyfan fydd ar ôl fydd yr esgyrn ..."

35

Gwledda ar esgyrn

"Mae'n siŵr o fod yn farwolaeth araf a phoenus," eglurodd y wrach, "sef fy hoff fath o farwolaeth. Yna, dwi'n mynd i wledda ar eich esgyrn chi!"

Edrychodd i lawr ar ei chath wen ffyddlon. "Amser bwyd, Sgithrog!"

Moelodd clustiau'r gath, a syllodd i lygaid ei meistres.

"Ie, dyna ni – esgyrn plant! Esgyrn ffres, blasus ..."

Roedd Sgithrog yn canu grwndi'n swnllyd.

Yna, yn bell i ffwrdd yn y pellter, clywodd Jac sŵn yn adleisio. Trodd y wrach ei phen yn sydyn, a gwnaeth y gath yr un fath gan hisian yn aflafar.

Gan ddefnyddio'i nerth anhygoel, llusgodd y wrach yr orsedd fawr, drom i'w lle. Yna, dringodd i ben y sedd a dechrau datod y clymau am arddyrnau a phigyrnau Jac a Cari. Roedden nhw'n crynu'n afreolus mewn ofn erbyn hyn.

"Dwi'n mynd i'ch gollwng chi i'r crochan yr un pryd," esboniodd y wrach, "fel y byddwch chi'n clywed sgrechfeydd eich gilydd wrth i chi farw ..."

"Ga' i ddweud," meddai Cari, "nad oes ots gen i os taflwch chi Jac i mewn yn gyntaf."

Rhythodd Jac arni'n flin.

Cyn pen dim, roedd y wrach wedi datod y clymau am arddyrnau'r ddau. Dim ond y clymau am eu pigyrnau oedd yn eu rhwystro rhag syrthio i mewn i'r cymysgedd melyn, berwol bellach, ac roedd hwnnw'n byrlymu'n beryglus o agos at eu hwynebau. Prin y gallai'r ddau ohonyn nhw anadlu gan fod yr arogl mor ffiaidd.

"Plis, plis, plis, dwi'n erfyn arnoch chi ..." apeliodd Jac. "Mi gewch chi fy merwi i, ond gadewch Cari'n rhydd. Dydi hi ddim wedi gwneud dim byd o'i le."

Ond doedd y wrach ddim am newid ei meddwl.

"Emosiwn dynol. Biti garw ..." mwmialodd wrth iddi symud yr orsedd ryw ychydig i'r chwith, cyn dringo i'w phen eto. Dechreuodd ddatod y clymau am bigyrnau'r ddau.

"Peidiwch â phoeni, blant. Mae Mami bron â gorffen. Fydda i ddim yn hir rŵan," meddai'r wrach yn llawen. Yn fuan, roedd coes chwith Jac yn rhydd a syrthiodd ei gorff fymryn yn nes at y crochan berw. Teimlai'r asid yn dechrau llosgi blaen ei wallt.

Ymhell i ffwrdd, yn nyfnder y pwll glo, roedd 'na sŵn rhywbeth yn crynu. Yn y cyfamser, roedd y wrach yn cael trafferth datod y cwlwm am goes dde Jac. "Dyna'r broblem hefo dannedd. Maen nhw'n edrych yn neis iawn, ond maen nhw'n gallu bod yn drafferth weithiau ..."

Neidiodd Sgithrog ar ysgwydd ei meistres a dechrau cnoi'r rhaff er mwyn ceisio'i helpu.

Gwyddai Jac mai dim ond ychydig eiliadau oedd ganddo i fyw.

Yna, edrychodd Jac i ben draw'r twnnel a arweiniai at yr ogof, a gallai weld rhywbeth yn symud yn gyflym tuag ato ar y nenfwd. Yn sydyn, cofiodd Jac ei fod â'i ben i waered, felly ar y llawr roedd y peth yn symud, nid ar y nenfwd.

Trên.

Ac roedd o'n dod yn syth amdanyn nhw.

Edrychodd Jac ar Cari a gwneud stumiau arni i'w siarsio i fod yn dawel. Doedd o ddim am i'r wrach ddeall beth oedd yn digwydd. Wrth iddo ddynesu, gwenodd Jac. Roedd 'na wyneb cyfarwydd, caredig yn gyrru'r trên.

Dad.

36

Sgrechfeydd llysnafeddog

Wrth i dwrw'r trên fynd yn uwch ac yn uwch, trodd y wrach ei phen i weld beth oedd yn bod.

"Melltith arnoch chi!" sibrydodd, cyn prysuro i ddatod y clymau. Roedd ei bysedd hir, main a dannedd miniog Sgithrog wrthi fel lladd nadroedd yn ceisio gollwng y ddau blentyn i mewn i'r crochan ar eu pennau. Edrychodd Jac i geg y crochan, a deallodd nad oedd ganddo ond ychydig eiliadau ar ôl cyn troi'n ddim byd ond sgerbwd.

Taranodd y trên drwy fynedfa'r ogof a gwibio ar hyd y cledrau tuag at y wrach. Yn syth ar ôl i'r wrach ddatod y cwlwm olaf roedd 'na

Sgrechfeydd llysnafeddog

CRASH
CLEC

Aeth y trên ar ei ben yn syth i mewn i'r orsedd.

Simsanodd y wrach a phlymiodd, ynghyd â'i chath, i mewn i gymysgedd past dannedd arbennig Mami.

"AAAAAAAAAAA AAAAAAAAAAA!!!!!!!"
sgrechiodd y wrach.

"Hhhhhiiiiiisssssssssssss…!"
hisiodd y gath.

Mewn ychydig eiliadau, roedd y ddwy wedi
suddo o dan yr wyneb, a'r llysnafedd melyn
trwchus yn boddi eu sgrechfeydd.

Er mawr syndod i bawb, roedd Jac yn dal yn
fyw. Roedd Cari wedi llwyddo i afael yn ei goes
mewn pryd. Drwy swingio o un ochr
i'r llall, llwyddodd Cari i'w daflu
ymhell o geg y crochan. Roedden
nhw'n edrych fel dau fwnci mewn
syrcas.

Wrth i Jac hedfan drwy'r awyr, cydiodd Dad yn ei arddwrn a'i dynnu tuag ato. Agorodd Jac ei lygaid, a gwelodd ei fod yn gafael gerfydd blaenau'i fysedd ym mlaen y trên, yna trodd ei ben ac edrychodd o'i flaen. Doedd o ddim yn saff eto.

Roedd y trên yn mynd ar wib yn syth tuag at wal yr ogof.

"Dad!" bloeddiodd Jac. "Y brêc!"

Cydiodd Dad yn y brêc, a chlywodd Jac sgrech enfawr wrth i'r trên stopio'n ddisymwth o fewn trwch asgell gwybedyn i'r wal.

"Diolch ..." ochneidiodd Jac.

"Dyna be mae tadau'n dda," ebychodd Dad, yn fyr o wynt. Doedd y llwch a'r baw yn yr ogof

ddim yn gwneud dim lles i'w ysgyfaint. Roedd y doctoriaid wedi dweud wrtho am beidio â mynd i'r pwll glo byth eto – byddai un llond ysgyfaint o aer llychlyd yn ddigon am ei fywyd. Ond roedd un peth yr oedd rhaid iddo'i wneud heddiw, doed a ddelo: achub ei fab.

"Dad, ti wedi lladd y wrach! A'r gath!" gwaeddodd Jac.

"Diwrnod da o waith, am wn i ..." meddai Dad yn gellweirus.

"Ond sut oeddet ti'n gwybod fy mod i yma?"

"Mi wnaeth Wini ffonio. Roedd hi'n gwybod mai dim ond fi sy'n gyfarwydd â gwaelod y pwll. A rŵan mae holl drigolion y dref ar eu ffordd draw."

"Chwarae teg i Wini ..." meddai Jac.

Pesychodd Cari'n awgrymog.

"O, ie," ychwanegodd Jac. "Sorri, Cari."

"Rŵan, er fy mod i wrth fy modd yn crogi ben i lawr uwch ben crochan anferth, fedri di ddod yma i fy ngollwng i'n rhydd, os gweli di'n dda?" gofynnodd.

Syllodd Dad ar Cari. "Pwy ydi hon, Jac? Dy gariad di?"

"NA! Am y tro ola, ddim hi ydi fy nghariad i!" ebychodd Jac.

"Ocê!" atebodd Dad gan besychu'n galed. "Dim ond holi ..."

Tynnodd Dad ar un o'r handlenni ar y trên â'r holl nerth oedd ganddo. Yn araf bach, symudodd y trên ar hyd y cledrau nes roedd wrth ymyl y crochan berw. Neidiodd Jac ar do'r trên a sefyll ar flaenau'i draed er mwyn cyrraedd Cari. Datododd y cwlwm olaf, ac roedd 'na funud eithaf lletchwith wrth i Jac ddal Cari (nad oedd yn gariad iddo) â'i phen i lawr gerfydd ei phigyrnau. Ond wedyn, plygodd Dad allan o'r trên ac estyn ei law iddi. Glaniodd Cari ar ben y trên cyn neidio a glanio'n glewt ar sach yn y cerbyd nesaf.

"Gofalus!" gwichiodd Dad.

"Pam?" holodd Cari.

"Deinameit ydi hwn'na!"

"Cŵl!" atebodd y ferch.

Gwyddai Jac sut roedd deinameit yn cael ei ddefnyddio yn y pyllau glo. Roedd Dad wedi dweud wrtho sawl tro sut roedd o'n ei ddefnyddio i ffrwydro'r graig galed i gyrraedd y glo meddal y tu ôl iddi.

Goleuodd wyneb Cari wrth iddi gael syniad. "Be am i ni ddefnyddio'r deinameit i chwalu'r ogof unwaith ac am byth?"

"Ond mae'r wrach wedi marw!" meddai Jac. "Gadewch i ni fynd."

Roedden nhw ar fin gwneud hynny pan ...

"Edrychwch!" sgrechiodd Cari.

Y tu ôl iddyn nhw, o ganol y crochan enfawr, roedd y wrach a'r gath yn codi'n araf. Roedd eu holl gnawd wedi toddi, a doedd dim byd ond eu sgerbydau ar ôl.

Sgerbydau yn sefyll ar eu traed esgyrnog ac yn rhedeg tuag atyn nhw.

Yn gyflym.

37

Sgerbydau

Roedd y sgerbydau'n carlamu'n syth amdanyn nhw. Sgerbwd y wrach ar y blaen, a sgerbwd y gath yn dynn ar ei sodlau.

"Does 'na ddim stopio arni hi. Brysiwch!" bloeddiodd Dad.

Pwysodd Dad yr handlen a gwibiodd y trên yn ôl allan o'r ogof.

Dechreuodd Cari dyrchu drwy'r sach yn y cerbyd.

"Be ti'n ei wneud?" gofynnodd Jac.

"Chwilio am y deinameit er mwyn i ni allu ei stopio hi!" atebodd Cari. "Rŵan, dos di i chwilio am fatsien neu rywbeth ..."

Tyrchodd Jac drwy un o'r sachau eraill a daeth o hyd i baced hynafol o fatshys, a thaniodd un ohonyn nhw â'i law grynedig.

"Cymerwch ofal!" rhybuddiodd Dad.

"Paid â thaflu'r deinameit nes dwi'n dweud," cyfarthodd Jac.

Syllodd y ddau'n nerfus ar y ffiws yn llosgi. Yn union cyn i'r trên gyrraedd mynedfa'r ogof, gwaeddodd Jac:

"RŴAN!"

Taflodd Cari'r deinameit i'r awyr a ffrwydrodd ...

BBBBBBBBB WWWWWWWW

... a syrthiodd tunelli o gerrig anferth ar y ddaear y tu ôl iddyn nhw. Llanwodd y twnnel â chwmwl mawr o lwch a baw.

Roedd y trên yn gwibio ar hyd y cledrau ar gyflymder dychrynllyd, ac roedden nhw'n mynd i gyfeiriad y lifft – y lifft i'w cludo i olau dydd. Y cwbl roedd y tri'n gallu ei glywed oedd sŵn byddarol y trên yn clecian mynd ar hyd y cledrau. Yna, yn sydyn, gwelodd Dad rywbeth.

"Na!" gwaeddodd.

Trodd Jac a Cari eu pennau a gweld y ddau sgerbwd, un sgerbwd anifail ac un sgerbwd dynes, yn gwibio ar eu holau ar hyd y twnnel ar gefn silindr nwy.

"Mae Mami ar ei ffordd!" sgrechiodd y wrach.

"Dad, dos yn gynt!" ebychodd Jac.

"Wnaiff o ddim mynd yn ddim cynt ..."

Wrth i'r silindr ddod yn nes at y trên, roedd sgerbwd Sgithrog yn chwifio pawen esgyrnog at Dad, a Dad yn ceisio'i orau glas i osgoi'r crafangau. Chwarddodd y wrach yn ddieflig wrth i'r gath blannu un o'i chrafangau yn ei ben.

Gafaelodd Cari mewn darn arall o ddeinameit, a thaniodd Jac y ffiws.

"Gad i mi ei daflu o'r tro 'ma!" gorchmynnodd Jac.

"Rŵan!" gwaeddodd Cari.

Taflodd Jac y deinameit at y ddau sgerbwd dieflig oedd yn hofran y tu ôl iddyn nhw.

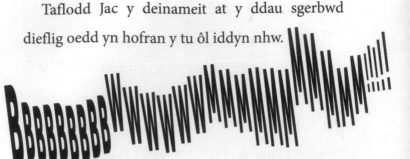

Roedd y ffrwydrad yn ddigon i wneud i'r ddau simsanu ychydig, ond wnaeth o ddim eu stopio nhw. Ysgydwodd eu hesgyrn wrth iddyn nhw grafangu i ddal gafael yn y silindr.

"Dim ond un darn o ddeinameit sydd ar ôl!" rhybuddiodd Cari.

Llamodd sgerbwd y gath oddi ar y silindr a glanio ar ben Dad.

"HHHHHHHHHH HHHIIIIIIIIIIIIIIIIIIIISSSS SSSSSSSssssssssssssssss!!!!!!"

"AAAAAAAAA!" sgrechiodd

Dad wrth iddi blannu ei chrafangau i mewn i'w fraich. Mewn poen, gollyngodd sbardun y trên, gan wneud i'r injan grynu i stop. Yr un pryd, roedd Jac wedi llwyddo i danio ffiws y darn olaf o ddeinameit yn llaw Cari. Ond wrth iddi baratoi i'w daflu ...

Gwichiodd y breciau wrth i'r trên stopio'n stond.

Llithrodd y deinameit o law Cari a syrthio ar lawr y cerbyd. Roedd y ffiws yn llosgi'n sydyn. Roedd yn mynd i ffrwydro unrhyw eiliad ...

38

Mae Mami ar ei ffordd!

"Cari, neidia!" gwaeddodd Jac. Neidiodd y ferch allan o'r trên a llamodd Jac at Dad i'w dynnu oddi wrth yr injan pan oedd y deinameit ar fin ffrwydro ...

Syrthiodd creigiau o do'r twnnel a glanio'n un pentwr ar eu pennau. Ciliodd sgerbwd y gath yn ôl at ei meistres esgyrnog, oedd wedi syrthio oddi ar y silindr nwy ymhell yn ôl yn y twnnel. Roedd y ffrwydrad wedi gwneud twll yn y silindr ac roedd y nwy wedi dechrau llifo ohono, gan wneud sŵn hisian swnllyd a llenwi'r pwll glo ag arogl nwy melys.

Yn y cwmwl llwch y tu ôl iddo, gallai Jac weld amlinell y wrach yn codi ar ei thraed.

Doedd y trên yn ddim byd ond darnau o haearn bellach, ac roedd y lifft yn dal yn bell iawn i ffwrdd. Roedd Dad wedi'i gladdu dan bentwr o gerrig a llwch, ac roedden nhw wedi lladd yr holl egni oedd ganddo'n weddill.

"Rheda, Jac!" pesychodd Dad yn fyr ei wynt wrth i'w fab dyrchu i dynnu'r rwbel oddi ar gorff ei dad. "Achuba dy hun!"

Ond wnaeth Jac ddim gwrando. "Dydw i ddim am dy adael di yma, Dad. Cari, tyrd yma! Cydia yn un fraich!"

Dechreuodd y ddau lusgo Dad ar hyd y twnnel.

"Dwi ... dwi ... dwi'n rhy drwm ...!" gwichiodd Dad, a'i anadl yn boenus o brin. "Gadewch fi yma."

"Na!" atebodd Jac yn bendant, a daliodd y ddau ohonyn nhw ati i dynnu Dad ar hyd y cledrau tuag at y lifft.

Yna, daeth llais o'r pellter. "Mae Mami ar ei ffordd!" chwarddodd sgerbwd y wrach, a'i hesgyrn yn clecian wrth iddi ddod yn nes. Rywsut neu'i gilydd, llwyddodd i wthio'r trên anferth o'r neilltu, a dechreuodd Jac a Cari redeg nerth eu traed ar hyd y cledrau gan lusgo Dad ar eu holau. Ymhen hir a hwyr, daeth y tri at y lifft. Roedd cadair olwyn Dad wedi'i gadael yno wrth y drws haearn. Baglodd y tri i mewn i'r lifft a chaeodd Jac y drws â'i holl nerth. Erbyn hyn roedd y ddau sgerbwd yn dynn ar eu sodlau a'r esgyrn yn eu dwylo a'u pawennau'n crafu'n aflafar yn erbyn y drws haearn i geisio'i agor.

"Sut mae'r lifft 'ma'n gweithio?" gofynnodd Jac.

"Rhaid i ti gysylltu'r ddwy weiren rydd 'na ..." gwichiodd Dad. "Yna tynnu'r handlen ..."

Rhoddodd Cari'r ddwy weiren wrth ei gilydd a thynnodd Jac yr handlen. Siglodd y lifft yn ffyrnig wrth iddo ddeffro a dechrau symud. Saethodd i fyny ar wib, gan adael y ddau sgerbwd dieflig ar y gwaelod.

"Rhydd o'r diwedd!"

Ond wnaeth y gorfoledd ddim para'n hir. Roedd y ddau sgerbwd yn gafael gerfydd blaenau eu bysedd yng ngwaelod y lifft. Yn sydyn, torrodd ddwylo'r wrach drwy'r llawr a chydio'n dynn yng nghoesau'r plant.

Er gwaetha'r ffaith ei fod yn friwiau ac yn gleisiau drosto, cropiodd Dad ar draws llawr y lifft. Magodd ychydig o nerth i guro dwylo'r wrach â'i ddyrnau, ond roedd hi wrthi'n brysur yn rhwygo

tyllau mawr yn y llawr haearn, fel petai'n ddarn o bapur. Yna, ymddangosodd ei phen drwy'r llawr, a brathu coes Cari â'i dannedd miniog.

"AAAAaaaaaa
aaaaaaaaaaaaa
aaaaaaaaaaaaa
aaaaaaaaaaaaa
aaaaaaaaaaaaa
aaaaaaaaaaaaa
aaaaaaaaaaaaa
aaaaaaaaaaaaa
aaaaaaaaaaaaa
aaaaaaaaaaaaa
aaaaaaaaaaaaa
!!!!!!!!!!!!!!!!!!!!!!!!!!!!!!"
sgrechiodd y ferch.

Gan afael yn llawr y lifft ag un bawen, crafangodd Sgithrog am ddwylo Dad i geisio'i gorau i'w rwystro rhag ymosod ar ei meistres. Ond doedd dim yn tycio, ac er gwaethaf ymdrechion Dad, doedd y wrach ddim yn cilio. Tynhaodd ei gafael ar goes Cari cyn agor ei cheg yn llydan. "Mae Mami'n mynd i dy fwyta di!"

39

Un anadl olaf

O'r diwedd, cyrhaeddodd y lifft ben ei daith. Ar ôl i'w lygaid gynefino â'r golau, gwelodd Jac fod holl drigolion y dref wedi ymgynnull wrth fynedfa'r pwll glo. Wini oedd ar y blaen, a Huw yn crynu mewn ofn y tu ôl iddi. Syllai PC Plonc ar yr olygfa'n gegagored ac roedd Mrs Williams druan wedi llwyddo i'w rhyddhau'i hun o'r rhewgell er mwyn gweld beth oedd yn digwydd.

Roedd athrawon yr ysgol wedi heidio yno, hyd yn oed. Edrychai Mr Huws yn ofalus ar y sefyllfa, yn credu mai byrfyfyrio estynedig oedd yn digwydd yn y pwll glo. Roedd Miss Prys yn gafael yn dynn ym mraich grynedig y prifathro gan ei bod yn poeni y byddai pawb yn gweld ei dillad isaf eto. Y tu ôl iddyn nhw roedd y gofalwr, yr ysgrifenyddes a llu mawr o blant. Yn y cefn roedd Twm. Ac oedd, roedd o'n dal i decstio.

Wrth weld y sgerbwd yn cnoi coes Cari, ochneidiodd pawb mewn braw. Pawb ond Wini. Rhuthrodd y weithwraig gymdeithasol ddewr ymlaen ac agor y drws haearn led y pen.

"Achubwch y plant" meddai Dad yn wichlyd. Cydiodd Wini yn Jac a Cari i geisio eu llusgo'n rhydd i ddiogelwch. Llwyddodd Jac i ddianc, ond roedd y wrach wedi plannu ei dannedd yn ddyfnach eto i mewn i goes Cari, a doedd hi ddim am ollwng ei gafael.

"Aaaaaaaa!" sgrechiodd Cari. Roedd hi'n gallu teimlo dannedd y wrach yn erbyn asgwrn ei choes.

Rhoddodd Jac ei freichiau am ganol Wini i'w helpu i dynnu Cari'n rhydd.

"Dewch yn eich blaenau, bawb!" gorchmynnodd Huw ar ôl iddo stopio crynu, a rhuthro i'w helpu. Yna, neidiodd PC Plonc yn ei flaen, ynghyd â Mr Llwyd a'r holl athrawon i greu cadwyn enfawr o bobl. O fewn dim, roedd holl drigolion y dref yn ceisio tynnu Cari'n rhydd.

Heblaw am Twm, wrth gwrs. Roedd o'n dal i decstio.

Drwy gil ei llygad, gwelodd Wini'r hogyn diog. "Neno'r Tad, fachgen, gad lonydd i dy ffôn am eiliad a thyrd i helpu!" bloeddiodd. Roedd wedi dychryn cymaint fe ollyngodd ei ffôn ar lawr ac ymuno â'r gadwyn.

Gyda'i gilydd, roedd trigolion y dref yn tynnu, yn tynnu ac yn tynnu.

"Tynnwch!" llefodd Wini.

"TYNNWCH!

TYNNWCH!"

Un anadl olaf

Yna, ag un ymdrech anferth, arwrol, daeth Cari'n rhydd o ddannedd milain y wrach.

Syrthiodd holl drigolion y dref yn ôl yn un
pentwr blêr. Ar waelod y pentwr anferth roedd
Mrs Williams, druan.

Erbyn hynny roedd y wrach wedi llwyddo i ddringo drwy lawr haearn y lifft a'i chath ffyddlon ar ei hysgwydd. Mewn tymer gandryll fe safai'n hy o flaen trigolion y dref a'i phenglog wen yn disgleirio yr un mor llachar â'i dannedd, ac esgyrn ei hasennau'n crynu mewn cynddaredd.

"Dwi'n mynd i fwyta eich plant chi i gyd – eu berwi nhw'n fyw a gwledda ar eu hesgyrn!" rhuodd y wrach. Camodd pawb yn ôl mewn braw.

Gorweddai Dad yn gwbl lonydd ar lawr, a'i wyneb yn llwyd ac yn welw. Doedd o prin yn gallu anadlu, ac roedd cadw ei lygaid yn agored yn anodd iddo. Roedd Dad wedi cael ei rybuddio y byddai mynd i'r pwll glo unwaith eto'n gallu bod yn ddigon am ei fywyd. Anadlodd yn ddwfn. Yn wan a chrynedig, cododd ei law i estyn am fotwm rheoli'r lifft.

"Wini," sibrydodd. "Wnei di ofalu am Jac drosta i?"

"Dad!" llefodd Jac.

"Dwi'n dy garu di, 'ngwas i ..."

Rhwygodd Dad y weiren o'r bocs rheoli. Arhosodd y lifft yn llonydd am eiliad, fel petai'n arnofio yn yr awyr. Yna, plymiodd y lifft i lawr y twll, gan fynd â'r wrach a'r gath gydag o.

"Naaaaaaa!"

sgrechiodd Jac wrth weld ei dad yn diflannu o'r golwg, ond fedrai o ddim gwneud dim byd. Gafaelodd Wini ynddo a'i wasgu'n agos ati, a chaeodd Jac ei lygaid yn dynn.

Dyna'r tro olaf y byddai'n gweld ei dad.

Roedd y wrach wedi marw.

Ond roedd Dad wedi mynd hefyd.

Roedd y dyn yn arwr. Nid yn unig roedd o wedi aberthu ei fywyd er mwyn achub ei fab a Cari, roedd o hefyd wedi achub holl blant y dref. Yn hwyrach y noson honno, ar ôl i'r frigâd dân

gyrraedd gwaelod y pwll glo a dod â chorff Dad yn ôl i'r wyneb, deallodd pawb nad oedd ei ymdrech yn ofer.

Roedd sgerbydau'r wrach a'r gath wedi'u chwalu'n yfflon, a doedden nhw'n ddim byd ond llwch. Roedd plant y dref yn saff rhag y wrach am byth.

Ond roedd 'na bris ofnadwy i'w dalu am y cyfan.

Roedd Jac yn blentyn amddifad.

40

Gobennydd mawr cyfforddus

Tywynnai'r haul yn llachar ar ddiwrnod angladd
Dad. Roedd yn fore oer o aeaf, ac roedd barrug dan
draed. Ychydig ddyddiau cyn y Nadolig oedd hi ac
roedd y capel yn llawn dop, ac ambell un yn gorfod
sefyll yn yr oerfel tu allan. Roedd holl drigolion y
dref wedi dod yno i dalu eu teyrnged olaf i ddyn
arbennig iawn.

Fel unig aelod arall y teulu, byddai Jac fel arfer
wedi gorfod eistedd ar ei ben ei hun yn y rhes flaen,
ond roedd Wini'n eistedd ar un ochr iddo, a Huw
yr ochr arall. Huw oedd yr un cyntaf i grio, wrth
gwrs. Cynigiodd Wini ei hances iddo. Gan ei fod
bron yn dair ar ddeg oed, roedd Jac yn benderfynol

o fod yn gryf, ond cyn pen dim roedd yntau hefyd
yn beichio crio.

Doedd yr emynau na'r gweddïau ddim yn fawr o
gysur, ond roedd braich gynnes rownd ei ysgwydd
yn lleddfu gofidion Jac.

A'i dad wedi mynd, roedd Jac yn siŵr na fyddai'n profi hapusrwydd byth eto. Roedd ei ruddiau'n wlyb gan ddagrau, a'i ben yn gorffwys ar obennydd mawr, cyfforddus, sef Wini. Doedd dim angen geiriau – y cwbl roedd Jac ei angen oedd rhywun i afael ynddo.

Roedd Jac wedi bod yn byw yn fflat Wini am bythefnos ers colli Dad.

Oedd, roedd hi'n gwisgo dillad mor amryliw nes roedd edrych arnyn nhw'n codi cur pen.

Oedd, roedd hi'n gyrru ei sgwter bach coch fel rhywun o'i gof.

Ac oedd, roedd hi'n cymryd y fisged olaf o hyd.

Ond yn araf bach, roedd Jac wedi dod i'w charu hi.

Wrth i'r gwasanaeth ddod i ben, dechreuodd y capel wagio'n araf.

"Mi fyddai dy dad wedi bod yn falch iawn ohonot ti, Jac," meddai Huw gan fwytho gwallt

Jac. "Bydda'n gryf," ychwanegodd, cyn ailddechrau beichio crio a cherdded am y drws.

Yn ystod y gwasanaeth, roedd Cari wedi bod yn eistedd ychydig resi y tu ôl i Jac. Wrth adael, sibrydodd yng nghlust Jac: "Mi fydd hon yn stori a hanner i'w dweud wrth ein plant ni!"

Gwenodd Jac yn drist cyn dweud: "Mi fyddan nhw wrth eu bodd yn clywed am Taid, y dyn dewraf erioed."

"Byddan wir!" meddai, gan roi cusan dyner ar foch Jac a gadael y capel.

Jac a Wini oedd yr unig ddau ar ôl yn y capel. Doedd o ddim yn barod i fynd allan ac wynebu holl drigolion y dref eto. Yn araf, estynnodd ei law at Wini, a gwasgodd Wini hi'n dynn. Eisteddodd y ddau yno mewn tawelwch am ychydig, gan geisio sychu eu dagrau a chael gwared â'r crygni yn eu lleisiau.

"Sut mae dy ddannedd di?" gofynnodd Wini.

Roedd hi wedi trefnu i Jac gael mynd i weld deintydd clên yn y dref agosaf, ac roedd Mrs Rowlands wedi gweithio am oriau ac oriau er mwyn iddo gael set berffaith o ddannedd.

Teimlodd ei ddannedd llyfn, glân â'i dafod. "Maen nhw'n wych. Diolch."

"Jac, er y byddwn i wrth fy modd yn dad-wneud y gorffennol, all neb wneud hynny," meddai Wini. "Cyn i dy dad farw, mi wnes i wneud addewid iddo fo. Falle nad dyma'r amser gorau, ond ..."

"Ond beth ...?" gofynnodd Jac yn betrus.

"Mi fydd yn rhaid i ni feddwl am rywun i edrych ar dy ôl di."

"Bydd," cytunodd Jac yn dawel. Dim ond am ychydig wythnosau eto roedd o'n cael aros gyda'r weithwraig gymdeithasol. Gan fod ei fam a'i dad wedi marw, byddai'n rhaid iddo gael ei fabwysiadu. "Wel, Wini, waeth i ni drafod y peth rŵan ddim."

"Da iawn. Wel, fel gweithwraig gymdeithasol, dwi wedi bod yn siarad â'r asiantaeth fabwysiadu ar dy ran di."

"Ie?"

"Ac mae 'na gryn dipyn o opsiynau posib, a lot o gyplau hyfryd fyddai wrth eu boddau'n gofalu amdanat ti, ond ..." Cymerodd anadl ddofn cyn ailddechrau ei brawddeg. Erbyn hyn roedd ei llais yn gryg gan emosiwn. "Wel, dwi wedi bod yn meddwl yn galed am yr hyn ddywedodd dy dad wrtha i cyn marw, a ..."

"A beth?"

"Wel ..." meddai Wini. Doedd hi ddim yn gallu dod o hyd i'r geiriau cywir. "Ro'n i'n meddwl tybed fyddet ti ... fyddet ti ... tybed ..."

"Ie?"

"... yn fodlon i mi dy fabwysiadu di?"

Gwenodd Jac, a theimlodd ddagrau'n cronni yn ei lygaid. Weithiau, mae'n bosib teimlo'n hapus ac yn drist yr un pryd.

"O, Wini!" ebychodd. "Ro'n i'n gobeithio y byddech chi'n dweud hyn'na!"

"Wel?" petrusodd Wini.

"Iawn! Iawn! Iawn! Wrth gwrs y byddwn i! Dwi'n eich caru chi, Wini!"

"Dwi'n dy garu di hefyd, Jac," meddai Wini drwy ddagrau o lawenydd. Rhoddodd ei breichiau am Jac a'i wasgu'n dynn. Roedd ei ben wedi'i blannu yn ei mynwes, ac roedd hi'n gwasgu'n galed. Fyddai neb byth yn gallu dod yn lle Dad, ond roedd Jac yn teimlo'n saff gyda Wini.

Ac yn gynnes. Ac, yn bwysicaf oll, roedd o'n ei charu hi.

Epilog

Y tro nesaf roedd Jac yn y capel, roedd yn achlysur llawer iawn hapusach. Y flwyddyn ganlynol oedd hi, ac er mawr syndod i bawb yn y dref, roedd Wini'n priodi o'r diwedd.

Ond priodi pwy?

Er gwaetha'r ffaith fod Jac bellach yn ei arddegau, roedd ei fam newydd wedi gofyn iddo fod yn facwy yn ei phriodas. Plant bach fyddai'n facwyaid fel arfer. Doedd gan Jac ddim syniad beth oedd dyletswyddau macwy na beth roedd macwy'n gorfod ei wisgo, ond fe gytunodd beth bynnag. Fyddai o ddim wedi cytuno petai o'n gwybod bod Wini'n bwriadu gofyn iddo wisgo fel morwr ar gyfer y briodas. Roedd o'n gorfod gwisgo tiwnig, trowsus byr, sanau uchel a chap ar ongl ryfedd.

Wel, meddyliodd Jac, *ei phriodas hi ydi hi ...*

Ond nid Jac oedd wedi gwisgo'r dillad rhyfeddaf y diwrnod hwnnw. Ac nid Wini oedd hi chwaith, er gwaetha'r ffaith ei bod hi'n gwisgo gwisg felen lachar, ac yn edrych fel caneri, neu fel balŵn aer poeth wedi'i gollwng mewn powlen fawr o gwstard.

Wrth i Wini gerdded tuag at flaen y capel a Jac wrth ei sodlau'n cario godre ei gwisg, gwelodd y ddau y priodfab yn gwenu'n llydan yn y blaen. Roedd o'n aros yn eiddgar am ei briodferch ac yn cnoi losin taffi.

Huw!

Huw oedd yn gwisgo'r wisg fwyaf ofnadwy y diwrnod hwnnw. Neu unrhyw ddiwrnod yn hanes y byd erioed, petai'n dod i hynny. Roedd Wini wedi dewis het lachar, biws a siwt laes, biws ar ei gyfer. Ond o leiaf roedd y priodfab a'r briodferch yn edrych yr un mor hurt â'i gilydd.

Jac oedd wedi dod â'r ddau at ei gilydd. Byddai'n gofyn i'w fam newydd stopio yn siop Huw yn aml ar y ffordd adre o'r ysgol. Gan fod y siop yn llawn dop o losin a siocled rhad, roedd Wini wedi syrthio mewn cariad ymhen dim o dro.

Roedd Wini a Huw wedi byw ar eu pennau eu hunain am flynyddoedd. Er bod y ddau yn ysu am gael plant, roedd y ddau wedi tybio eu bod yn rhy hen i ddod o hyd i gymar a dechrau teulu. Diolch byth, roedd y ddau ohonyn nhw'n anghywir. Roedden nhw am fod yn un teulu cariadus, a Jac oedd canolbwynt y teulu hwnnw.

"A wnei di, Wini Gwenhwyfar Ceridwen Melangell Jones, gymryd y dyn hwn i fod yn ŵr priod cyfreithlon i ti?" adroddodd y gweinidog. Edrychodd Huw arni mewn braw wrth glywed ei henw.

"Gwnaf," datganodd y briodferch.

"Ac a wnei di, Huw ..." Stopiodd y gweinidog. Rhaid bod gan Huw gyfenw ...

"Na, dim ond Huw," meddai'r priodfab yn swrth.

Aeth y gweinidog yn ei flaen. "A wnei di, Huw, gymryd Wini'n wraig briod gyfreithlon i ti?"

"Ai 'gwnaf' dwi fod i'w ddweud?" gofynnodd Huw. Rholiodd Wini ei llygaid.

"Ie!" cyfarthodd y briodferch.

Edrychodd Huw yn gariadus ar ei ddarpar wraig brydferth cyn dweud: "Gwnaf."

"Yna, rwyf yn cyhoeddi eich bod yn ŵr a gwraig," meddai'r gweinidog. "Fe gewch chi gusanu."

Dechreuodd pawb guro eu dwylo'n swnllyd. Does dim byd gwell na gweld dau gariad yn hapus gyda'i gilydd.

Doedd neb yn curo dwylo nac yn bloeddio yn fwy swnllyd na Jac. Bellach, fe fyddai'n cael ei holl losin am ddim!

Ar ôl taflu'r conffeti a thynnu'r lluniau, y cyfan oedd i'w wneud oedd aros i Wini daflu ei thusw o flodau. Mae pobl ofergoelus yn credu mai pwy bynnag sy'n dal y tusw fydd y nesaf i briodi. Tra oedd Miss Prys, Mrs Williams a holl ferched sengl y dref yn ffurfio cylch tyn o gwmpas Wini, taflodd

Wini ei thusw'n uchel i'r awyr. Heb iddi hyd yn oed drio'i ddal, fe syrthiodd y tusw ar ben Cari. Chwarddodd Cari, ac edrych ar Jac dan wenu. Gwenodd Jac yn ôl. *Ryw ddiwrnod, efallai ...* meddyliodd Jac.

Yn fuan iawn roedd hi'n amser i'r priodfab a'r briodferch fynd ar eu mis mêl. Camodd Wini ar ei sgwter coch.

"Brysia, Huw!" gwaeddodd Wini. Rhedodd Huw tuag at y sgwter a neidio ar y cefn.

"A brysia di, Jac!" meddai Huw.

"Ie, brysia, 'ngwas i," galwodd Wini. Doedd Jac ddim yn hollol siŵr y byddai'r sgwter yn ddigon cryf i gario'r tri ohonyn nhw, ond eisteddodd ar y cefn yr un fath.

"Daliwch yn dynn!" meddai Wini, gan wasgu'r sbardun i'r pen. Gwibiodd y tri i lawr y stryd, a'r capel yn mynd yn llai ac yn llai yn y pellter.

Ac yntau'n eistedd rhwng Wini a Huw ar ddiwrnod poeth o haf a'r awel yn chwythu drwy'i wallt, fedrai Jac ddim peidio â gwenu. Y diwrnod y bu farw Dad, roedd Jac yn credu na fyddai o byth yn hapus eto. Ond roedd o'n anghywir. Wrth i'r tri wibio drwy'r dref ac i ffwrdd tua'r gorwel, caeodd Jac ei lygaid.

Roedd o eisiau trysori'r teimlad. Hapusrwydd.

Yn ei ben, gallai Jac glywed llais Dad.

"Y cwbl sydd raid i ti ei wneud ydi cau dy lygaid, a dychmygu ..."